TRAVELLING

L'éventail des loisirs offerts à la jeunesse
ne cesse de s'élargir.
Dans une gamme très vaste d'activités
récréatives et culturelles, la lecture
constitue un acte vraiment personnel,
susceptible de favoriser l'imagination et
la réflexion.

TRAVELLING est une collection de
romans qui s'adresse aux jeunes.
Cernant de près les réalités de notre
temps, elle répond à l'exigence qu'ils
expriment : mieux se comprendre et
comprendre le monde.
Les ouvrages qu'elle propose allient à
l'authenticité des situations un style
direct et original.

Dans la même collection :

1/ H. PIROTTE : **L'enfer des orchidées.**
2/ F. DE CESCO : **Le désert bleu.**
3/ R. REGGIANI : **La véritable mort du sorcier Vincenzo** (Epuisé).
4/ J. LINGARD : **Au-delà des barricades.**
5/ I. MASSON : **L'oiseau d'argent** (Epuisé).
6/ J.-P. RAEMDONCK : **A l'Etoile de Mer** (Epuisé).
7/ Ch. DELSTANCHES et H. VIERSET : **Tu n'es pas mort à Stalingrad.**
8/ C. CRANE : **La fugue de Diane.**
9/ M. ARGILLI : **Ciao, Andrea** (Epuisé).
10/ J. HELD : **La part du vent** (Epuisé).
11/ L. SETTI : **Dernier mois d'école.**
12/ L.-N. LAVOLLE : **Le feu des mages** (Epuisé).
13/ M.-A. BAUDOUY : **Un passage difficile.**
14/ L.-N. LAVOLLE : **Le paria.**
15/ F. BASTIA : **Le cri du hibou.**
16/ B. BAROKAS : **La révolte d'Ayachi.**
17/ F. BASTIA : **L'herbe naïve** (Epuisé).
18/ W. FÄHRMANN : **Quand le vent se lève...** (Epuisé).
19/ F. BASTIA : **Vingt jours-quarante jours**** (Epuisé).
20-21/ F. DE CESCO : **La route de Lhassa.**
22/ J.-M. FONTENEAU : **Un petit garçon pas sage.**
23/ I. BAYER : **Les quatre libertés d'Anna B.**
24/ R.-N. PECK : **Vie et mort d'un cochon.**
25/ W. CAMUS : **Les deux mondes.**
26/ W. CAMUS : **Les ferrailleurs.**
27/ B. BAROKAS : **Les tilleuls verts de la promenade.**
28/ MARINOU : **Le cabri du Supramonte** (Epuisé).
29/ O.F. LANG : **Mes campesinos.**
30/ G. GRAHAM : **La guerre des innocents.**
31/ J. DONOVAN : **Fred et moi** (Epuisé).
32/ M.-A. BAUDOUY : **Vivre à Plaisance** (Epuisé).
33/ L.-N. LAVOLLE : **Le village des enfants perdus.**
34/ Gine VICTOR : **La chaîne.**
35/ P. PELOT - W. CAMUS - J. COUÉ : **le canard à trois pattes** (Epuisé).
36/ F. HOLMAN : **Le robinson du métro.**
37/ Gil LACQ : **Chantal et les autres.**
38/ J. DONOVAN : **La dernière expérience** (Epuisé).
39/ B. BAROKAS : **Le plus bel âge de la vie.**
40/ M. FERAUD : **Anne ici, Sélima là-bas.**
41/ M.-A. BAUDOUY : **Le garçon du bord de l'eau** (Epuisé).
42/ H. MONTARDRE : **La quête aux coquelicots.**
43/ L. LOWRY : **Un été pour mourir.**
44/ J. CERVON : **La marmite des cannibales** (Epuisé).
45/ A. CLAIR : **L'amour d'Aïssatou** (Epuisé).

46/ I. KORSCHUNOW : **Christophe** (Epuisé).
47/ M.-A. BAUDOUY : **Sylvie de Plaisance** (Epuisé).
48/ L. FILLOL : **Chemins...**
49/ M. ARGILLI : **Sous le même ciel.**
50-51/ L. LOWRY : **La longue quête de Nathalie.**
52/ M. FERAUD : **Les plumes de l'ange** (Epuisé).
53/ M.-C. SANDRIN : **Salut Baby !**
54/ J. CERVON : **Le dernier mirage.**
55/ R. PECK : **Les intrus de Parc Paradis.**
56/ P. CORAN : **La mémoire blanche.**
57/ J. BOIREAU : **Petite chronique d'avant l'été.**
58/ F. BASTIA : **La Traille.**
59/ R.F. BRANCATO : **Au micro Dan Forsythe.**
60/ H. PIROTTE : **Le cargo des Papous** (Epuisé).
61/ F. HOLMAN : **L'assassin d'Ashlymine.**
62/ Y. LOISEAU : **L'odyssée de Sandrine.**
63/ J.-P. NOZIERE : **Tu vaux mieux que mon frère.**
64/ P. CORAN : **La peau de l'autre.**
65/ C. RAUCY : **Cocomero.**
66/ E. DESSARRE : **Cet amour-là.**
67/ A. MARTEL : **Révolte à la Cité de Transit.**
68/ L. FILLOL : **Le Cheval-de-Mer.**
69/ J. CERVON : **Les enfants de la planète.**
70/ C. RAUCY : **Le temps des cerises.**
71/ L. BOGRAD : **Le journal des Kolokol.**
72/ Gil LACQ : **Personne ne m'aime.**
73/ C.-R. et L.-G. TOUATI : **Rendez-vous ailleurs.**
74/ J. CERNAUT : **Terre Franche.**
75/ S. SENS : **Bérénice ou le bonheur oublié.**
76/ G. PAUSEWANG : **Les derniers enfants de Schewenborn.**
77/ J.-P. NOZIERE : **Cher vieux Cochise.**

Joan Lingard

Au-delà des barricades

Traduit
de l'anglais par
Jean-François Crochet

**TRAVELLING
DUCULOT**

Conforme à la loi n° 49.956 du 16 juillet 1949
sur les publications destinées à la jeunesse et
à la loi n° 76.616 du 9 juillet 1976 relative à
la lutte contre le tabagisme.
Tous droits réservés.
Reproduction interdite en tous pays
conformément aux dispositions de la loi
française du 11 mars 1957 et des conventions
internationales.

© **Joan LINGARD (1972)**
Titre original : «Across the Barricades».
Hamish Hamilton, London.

© **Editions DUCULOT,
Paris - Gembloux (1986)**

(Imprimé en Belgique
sur les presses Duculot.)

D. 1986.0035.49
Dépôt légal : juillet 1986
ISBN 2-8011-0628-3
(ISBN 2-8011-0094-3, 1re édition)
ISSN 0379-6949

1
Sadie et Kevin

— Sadie ! Sadie Jackson !

Sadie regarda autour d'elle et ne vit pas tout de suite celui qui l'appelait. C'était l'heure de la sortie des bureaux et une véritable marée humaine se bousculait sur le trottoir pour gagner à la hâte les arrêts d'autobus. Soudain, elle l'aperçut au milieu du flot des passants. Grand, le cheveu noir, il s'était étoffé depuis leur dernière rencontre, mais la même lueur vive brillait toujours dans son regard. Elle s'immobilisa pour l'attendre.

— Kevin ! s'exclama-t-elle. Kevin McCoy.

— Eh oui, c'est bien moi, dit-il en souriant.

— Il y a une éternité que je ne t'ai vu. Cela doit bien faire trois ans.

— Quelque chose comme ça, oui. C'est marrant de te revoir après si longtemps.

Ils n'habitaient qu'à quelques rues l'un de l'autre, mais c'était comme s'ils étaient séparés par des milliers de kilomètres. Ils s'examinèrent en silence pendant que la foule se bousculait autour d'eux.

— Un café, ça te dit ? demanda Kevin. Tu as le temps ?

— Pourquoi pas, dit Sadie.

En fait, elle avait de multiples raisons de refuser, comme aurait dit sa mère, mais Sadie n'était pas de celles qui se laissent guider par les bonnes raisons, surtout pas par celles de sa mère.

Ils se dirigèrent sans mot dire vers une cafétéria. Le silence embarrassé qui s'était établi entre eux ne dura que le temps de leur courte promenade, car, une fois assis face à face dans l'établissement, ils ne tardèrent pas à retrouver l'usage de la parole.

— Comment va Brede ? demanda-t-elle.

— Et Tommy ? interrogea-t-il au même moment.

Ils éclatèrent de rire.

— Brede va bien, répondit-il. Elle est puéricultrice.

— Ça ne m'étonne pas, elle a toujours aimé les gosses. Tommy est apprenti soudeur au chantier naval.

Ils se turent pendant un moment au cours duquel Sadie pensa à Brede, la sœur de Kevin, et ce dernier à Tommy, le frère de Sadie. Ils se les remémorèrent tels qu'ils étaient trois ans plus tôt, à l'époque où ils fréquentaient encore l'école, mais des écoles différentes. Ils avaient d'abord été ennemis et s'étaient même battus à coups de pierres et à coups de poings, avant que n'éclose une amitié qui, hélas, ne dura pas en raison des difficultés qu'ils avaient à se rencontrer.

— Et toi, Sadie, qu'est-ce que tu deviens ?

— Moi ? fit-elle, en rejetant ses longs cheveux blonds sur son épaule, dans un geste qu'il n'avait pu oublier. Eh bien, j'ai d'abord travaillé dans un bureau — elle plissa comiquement le nez pour marquer sa répugnance —, ensuite, j'ai trouvé un emploi dans une filature...

— Tu as toujours été assez remuante, dit-il en riant.

— Tu peux parler, toi.

Ils s'étaient souvent taquinés dans le passé et ils retrouvaient cette bonne vieille habitude le plus naturellement du monde. C'était comme si ces trois ans n'avaient pas existé.

— J'ai toujours le même emploi depuis que j'ai quitté l'école, dit-il. Alors, tu vois !

— Pas possible ?

— Parfaitement. Je suis ferrailleur chez le père de Kate. Tu te souviens de Kate, l'amie de Brede ?

— Et comment ! Est-ce qu'elle ne te tournait pas un peu autour ? A moins que tu n'aies fait d'une pierre deux coups : le boulot et la fille ?

— Tes griffes sont toujours aussi acérées, à ce que je vois.

Elle lui fit une grimace.

— Le métier de ferrailleur doit t'aller comme un gant... Je te vois fort bien écumant les rues à la recherche de tout un bric-à-brac.

— Les rues ne sont plus pareilles. Les ferrailles qu'on y trouve ne nous intéressent pas.

Voitures, autobus, véhicules blindés brûlés, amas de pavés arrachés, fil de fer barbelé enroulé pour former des barricades, tel est le bric-à-brac que l'on trouve aujourd'hui dans les rues de Belfast. Ces mêmes rues parcourues par des soldats aux aguets, le doigt sur la détente de leur arme, tandis qu'hommes et femmes les observent avec vigilance et méfiance et que les enfants jouent à la guerre ou se battent vraiment. Sadie et Kevin se turent. Le sujet était trop délicat à aborder, beaucoup trop délicat pour eux.

— De toute façon, il n'y a pas d'avenir dans la ferraille et je n'y resterai pas, reprit Kevin.

— Que comptes-tu faire ?

Il haussa les épaules.

— Si tu me parlais plutôt de ton travail. Que fais-tu exactement ?

— Je travaille dans un magasin de modes, répondit-elle d'un ton affecté.

— Toi ?

— Nous avons une très belle clientèle, affirma-t-elle en arquant les sourcils.

— Je n'en doute pas.

— Tu devrais voir ces vieilles taupes minauder devant le miroir et me demander comment je les trouve, reprit Sadie en roulant de grands yeux.

— Comment fais-tu pour t'en tirer, toi qui n'as jamais pu t'empêcher de dire froidement ce que tu pensais ?

— Il faut être complètement cinglée pour faire ce métier. Il est grand temps que je trouve autre chose. Ma mère attraperait une attaque si elle m'entendait dire ça.

— Je suis sûr qu'elle a déjà dû avoir pas mal d'attaques à cause de toi. Dis donc, Sadie, tu n'as pas faim ? demanda Kevin.

— Je suis affamée.

Il alla chercher quatre hamburgers au comptoir. Ils mangèrent en silence, engloutissant avidement pain et viande chaude. Au-dehors, le soleil brillait de l'autre côté de la rue. Sadie avala sa dernière bouchée et poussa un soupir de satisfaction.

— Il fait beau, dit Kevin. Il doit faire bon, là-haut à Cave Hill.

— Sûrement.

— Ça te dirait d'y aller ?

Elle acquiesça.

— Tout de suite ?

— Oui.

Il lui prit le bras pour la diriger vers la sortie de l'établissement mais laissa retomber la main dès qu'ils furent dans la rue. Tout en se dirigeant vers l'arrêt de l'autobus, ils passèrent devant un marchand de journaux qui exposait la première page d'une feuille du soir. « UNE BOMBE EXPLOSE DANS UN MAGASIN. DEUX MORTS, UN BLESSE. » Ils détournèrent leurs regards des caractères gras et parlèrent de Tommy et de Brede, évoquant les jours heureux qu'ils avaient passés au bord de mer au cours de l'été qui vit naître leur amitié.

Arrivés à l'arrêt du bus, Kevin s'appuya dos au poteau et détailla Sadie en souriant.

— Je n'aurais jamais cru que tu deviendrais un jour aussi jolie.

— Merci quand meme, dit Sadie en rejetant la tête en arrière d'un air de défi.

— Dans le temps, je pensais que tu serais tout

juste bonne à faire du catch. Tu te souviens de la nuit où j'ai glissé et où tu m'as sauté dessus ?

— Comment pourrais-je l'oublier. C'est la fois où tu es venu nous provoquer en badigeonnant « A BAS GUILLAUME LE PROTESTANT » sur notre mur.

— Je dois reconnaître que tu avais une jolie pointe de vitesse.

— Bonjour, Sadie.

Sadie se retourna et vit Linda Mullet, une ancienne compagne d'école qui vivait dans la même rue qu'elle.

— Oh ! bonjour Linda.

Linda fixa attentivement Kevin, attendant manifestement d'être présentée. Sadie resta muette.

— J'ai l'impression de vous avoir déjà vu quelque part, reprit Linda en fronçant les sourcils.

— Pas étonnant, dit Sadie. Il est connu comme un vieux sou dans toute la ville.

— Vraiment, fit Linda en minaudant, mais tout en continuant à fixer Kevin.

— Il sait aussi faire bouger ses oreilles, ajouta Sadie moqueuse.

— Et je connais aussi quelques trucs interdits, surenchérit Kevin.

— Je sais qui vous êtes, s'écria triomphalement Linda. Vous vous appelez Kevin et c'est vous qui...

Elle s'interrompit.

— Oui, c'est lui, dit Sadie. Je suis contente que tu t'en sois souvenue, sans quoi tu te serais torturé les méninges pendant tout le trajet du retour.

Linda pinça les lèvres et prit ses distances.

— A bientôt, Sadie.

— Comme tu dis.

Linda s'éloigna rapidement.

— Elle voudrait déjà être rentrée pour annoncer la bonne nouvelle à toute la rue, dit Kevin.

— Qu'elle annonce ce qu'elle voudra, je m'en fiche.

— Ce que j'ai toujours admiré chez toi, c'est que tu te fiches de tout, dit Kevin en souriant. Tu ne te laisses jamais démonter, pas vrai ?

— Elle balance son derrière juste comme sa mère et pour ce qui est de faire marcher sa langue, c'est encore sa vieille toute crachée.

— Je croyais que c'était ta meilleure amie ?

— Tu veux rire.

— Voici notre bus.

Il s'inclina devant elle au moment où le bus s'arrêtait à leur hauteur.

— La voiture de Madame est avancée.

— Merci Monsieur.

— Faudrait vous décider, cria le chauffeur. J'ai un horaire à respecter, moi, et je tiens à rentrer à temps pour prendre le thé.

Sadie et Kevin sautèrent sur la plate-forme en se rendant parfaitement compte qu'ils s'embarquaient pour un dangereux voyage. Mais ni l'un ni l'autre n'avaient jamais fui devant le danger, qui leur était devenu familier depuis longtemps.

Sadie se mit à gravir l'escalier conduisant à l'impériale. Elle s'arrêta à mi-chemin, se tourna vers Kevin et éclata de rire.

2
La dénonciation

Mrs. Jackson déposa le bacon dans la poêle et réduisit le gaz pour qu'il cuise bien à plat.

— Est-ce que le thé est prêt, m'man ? demanda Tommy. Je meurs de faim.

Il avait retiré sa salopette et s'était lavé pour faire disparaître toute la graisse dont il était maculé. Il prit place à la table de cuisine et se mit à jouer avec son couteau et sa fourchette en attendant de dévorer la nourriture dès que sa mère aurait glissé son assiette devant lui.

— C'est prêt, dit-elle. Je me demande où traîne de nouveau la gamine. On dirait que je n'ai rien d'autre à faire que de passer mon temps devant cette cuisinière en attendant son bon plaisir. Ce sera une autre chanson quand ce sera à elle de tenir la poêle.

— Je donnerais cher pour voir ça, dit Tommy. Mais je crois que nous n'en sommes pas encore là et qu'elle a autre chose en tête.

— Dieu sait ce qu'elle a en tête, répondit Mrs.

Jackson, en secouant la sienne et en s'essuyant les mains à son tablier. Seigneur, que je serai contente le jour où elle sera casée.

— Pour l'amour du ciel, Aggie, sers-nous le thé, intervint Mr. Jackson. J'ai réunion à sept heures et nous n'allons tout de même pas passer toute la soirée à attendre Sadie.

— Tu as raison.

Mrs. Jackson éteignit le gaz, prit les assiettes qu'elle avait mises à chauffer sur la cuisinière et servit le bacon frit sous les regards des deux hommes affamés. Ils mangèrent sans plus attendre. Mrs. Jackson versa le thé fort de la vieille théière brune, avant de prendre elle-même place à table. Ses cheveux gris étaient enroulés sur des bigoudis qu'elle retirait après le thé, au moment où elle s'installait devant la télévision, mais qu'elle remettait dès la fin des programmes.

Les hommes mangeaient en silence. Ils vidaient leur assiette avec application avant de la nettoyer consciencieusement avec des quignons de pain. Mrs. Jackson n'arrêtait pas de parler, grognant sans arrêt à propos de Sadie et hochant constamment la tête en soupirant et en reniflant. Son mari émettait de temps en temps un grognement qui devait signifier une vague approbation, mais en réalité, ni lui ni Tommy n'écoutaient. Mr. Jackson pensait déjà à la réunion du soir qui devait rassembler les membres de la loge protestante et au cours de laquelle ils allaient organiser le grand défilé orangiste du 12 juillet. Tout comme son père, il faisait partie de la loge depuis sa jeunesse, mais son fils Tommy n'en était toujours pas membre et cela le chagrinait. Tommy était, certes, un bon protestant, mais il ne semblait pas se rendre compte que l'on avait constamment besoin de raffermir sa foi.

De son côté, Tommy se demandait quel film il irait voir avec Linda. Sa préférence allait vers un film dur et violent, mais Linda avait un goût marqué pour les histoires à l'eau de rose.

— Ce qui est certain, dit Mrs. Jackson, c'est qu'elle n'a aucune considération pour les autres.

— Allons, dit Tommy en relevant la tête, elle te donnerait son dernier penny.

— Encore faudrait-il qu'elle en eût un à donner, répliqua Mrs. Jackson. Elle dépense sa paye dès qu'elle l'a touchée, ajouta-t-elle en se levant pour commencer la vaisselle.

— Possible, mais elle ne vient pas se plaindre après.

— Verse-nous encore un peu de thé, Aggie, dit Mr. Jackson, en poussant sa tasse devant lui. Il faut que je parte si je veux être à l'heure.

Mrs. Jackson versa donc le thé.

Ils entendirent la porte de rue s'ouvrir et la voix de Linda résonna dans l'entrée :

— Il y a quelqu'un ?

Il y eut un bruit de pas pressés dans le corridor et la porte de la cuisine s'entrebâilla.

— Bonjour Linda, dit Mrs. Jackson. Tu en avais sans doute assez d'attendre Tommy ?

— J'étais un peu en avance, alors j'ai préféré passer.

Linda s'assit sur la chaise laissée vacante par Mrs. Jackson et croisa les jambes.

— Nous sommes un peu en retard, dit Mrs. Jackson,

en faisant couler de l'eau chaude dans l'évier. Nous avons attendu Sadie.

— Je ne crois pas qu'elle soit sur le point de rentrer, dit Linda en souriant d'un air entendu.

— L'aurais-tu vue ? demanda Tommy.

— Oui, je l'ai croisée en rentrant.

— Où était-elle ?

— A l'arrêt de l'autobus, répondit Linda en balançant négligemment un pied. Elle n'était pas seule, ajouta-t-elle.

— Ce n'est pas nouveau, dit Mrs. Jackson. C'est le contraire qui aurait été étonnant. Notre Sadie connaît au moins la moitié de Belfast, ajouta-t-elle, non sans fierté, tout en jetant les déchets dans la poubelle.

En fait, une partie d'elle-même était heureuse d'avoir une fille ayant autant de relations, tandis que l'autre lui en voulait de leur consacrer tout ce temps.

— Ce qui m'étonne, c'est qu'elle ne t'ait pas chargée d'un message pour nous.

— Elle se fichait en tout cas pas mal d'être vue en compagnie de ce garçon.

— Quel garçon ? demanda Mr. Jackson qui s'intéressait pour la première fois à la conversation.

— Oh, je ne sais pas si je dois vous le dire, répliqua Linda en baissant les yeux.

— Dans ce cas, il vaut mieux se taire, dit vivement Tommy en se levant. Allons, viens, sans quoi, nous allons rater le début du film.

Linda décroisa les jambes à contrecœur.

— Une minute, les enfants, dit Mrs. Jackson en s'essuyant les mains.

— Je crois que Linda devrait nous dire ce qu'elle sait, dit le père.

— Tu vas être en retard à ta réunion, p'pa, intervint Tommy. Tu ferais mieux d'y aller et de ne plus penser à Sadie.

— Il faut toujours que tu la protèges, dit Mrs. Jackson. Je suis sa mère et j'ai le droit de savoir ce qui se passe.

— Sadie se porte comme un charme, dit Tommy. Allons, viens, Linda.

Linda se leva et repoussa la chaise. Elle regarda tour à tour les membres de la famille Jackson et dit d'une voix légèrement chevrotante :

— Je ne voudrais pas vous causer du souci.

— Voilà qui part d'un bon sentiment. Partons, dit Tommy en prenant le bras de la jeune fille.

Linda se dégagea et se frotta le coude comme si Tommy lui avait fait mal.

— Un peu de politesse, Tommy, dit Mr. Jackson d'une voix coupante.

Le visage de Tommy se rembrunit. Il alla jusqu'à la fenêtre et regarda le petit jardin où un rayon de soleil éclairait la poubelle, laissant tout le reste dans l'ombre.

— Linda, ma chérie, dit Mrs. Jackson, s'il y a quoi que ce soit que tu estimes devoir nous dire, il faut le faire.

Linda regarda dans la direction de Tommy, mais il lui tournait le dos et restait parfaitement immobile.

— C'est vrai, Linda, ajouta Mr. Jackson. Ton père ne serait pas content si tu nous cachais quelque chose.

— Je suppose en effet que je ne peux pas faire autrement, dit Linda sans cesser de fixer le dos de Tommy. Elle était avec ce jeune catholique, Kevin McCoy, ajouta-t-elle après un moment.

Tommy se retourna d'une pièce.

— Kevin ?

— Un catholique ? murmura Mrs. Jackson stupéfaite.

— Oui, celui avec qui Sadie et Tommy ont eu des histoires il y a trois ans et dont la sœur a été blessée.

— Brede, murmura Tommy d'une voix douce.

— Celle-là même, dit Linda, sans apprécier le ton et le regard de Tommy.

Mrs. Jackson se laissa tomber sur une chaise et posa une main rougie sur le coin de la table.

— Que faisait-elle avec lui ?

— Comment le saurais-je ? Ils attendaient l'autobus au moment où je les ai vus.

— Jim !

Mrs. Jackson faisait à présent appel à son mari qui n'avait cessé de se gratter le crâne d'un air éberlué.

— Et toi, Tommy, que sais-tu de cette affaire ? demanda le père.

— Rien, dit Tommy en enfilant son veston. Je vais au cinéma. Tu peux m'accompagner si cela te dit quelque chose, Linda.

— Merci quand même.

— Quel choc, je ne m'en remettrai pas, déclara Mrs. Jackson, en tanguant sur sa chaise, comme si elle allait s'évanouir.

— Mais bon Dieu, m'man, il n'y a pas de quoi

fouetter un chat, dit Tommy. Ne commence pas à te faire des idées comme s'ils allaient se marier.

— Se marier ? s'écria sa mère d'une voix brisée.

— Il y a des années qu'ils ne se sont vus.

— Qu'en sais-tu ?

— Tommy, va chercher le brandy dans l'armoire du salon, dit Mr. Jackson. Ta mère vient d'avoir une terrible émotion.

Linda posa un bras compatissant sur les épaules de Mrs. Jackson. Tommy grinça des dents et se rendit au salon, où une odeur de renfermé lui monta au nez dès qu'il eut ouvert la porte. La pièce était encombrée de meubles, eux-mêmes surchargés de bibelots-souvenirs et de photographies jaunies. On ne l'utilisait qu'aux grandes occasions, Noël par exemple. Le jeune homme ouvrit le vaisselier où était rangée la belle porcelaine. Il passa précautionneusement une main derrière une théière et en ramena une demi-bouteille de brandy et un verre.

— Tu es une bonne fille, Linda, disait Mrs. Jackson au moment où il revenait dans la cuisine. Tu as la tête solidement vissée sur les épaules, toi.

Tommy versa un peu d'alcool dans le verre et le tendit à sa mère.

— Tu pourrais aussi m'en servir un, dit le père. Elle n'est pas la seule à avoir encaissé le choc.

— Je croyais que tu avais réunion, dit Tommy. Tu risques d'être en retard.

— J'ai une bonne excuse pour arriver en retard. Ce n'est pas tous les jours qu'on apprend que sa fille fricote avec un calotin.

— Je suis désolée, dit Linda. Cela m'a échappé.

— Ne t'excuse pas, Linda, dit Mrs. Jackson. Tu as eu parfaitement raison de nous mettre au courant.

— Alors, Linda, tu te décides ? intervint Tommy qui avait déjà entrouvert la porte.

Linda le suivit. Au moment où ils sortaient, il entendit sa mère déclarer :

— Je suis heureuse que Tommy courtise une gentille fille comme Linda.

Linda l'entendit aussi, mais pas un muscle de son visage ne tressaillit. Tommy referma la porte et ils restèrent un moment immobiles dans la petite rue aux maisons de briques rouges où ils étaient nés, avaient grandi et joué ensemble.

Tommy se mit à marcher d'un pas vif. Elle parvint à le rattraper et se plaignit de son allure rapide. Il s'arrêta dès qu'ils eurent tourné le coin de la rue.

— Pourquoi as-tu fait ça ?

— Je... je ne voulais pas, bredouilla-t-elle.

— Oh ! change de disque, Linda. Tu étais décidée à leur en parler dès l'instant où tu es entrée dans la cuisine.

— Eh bien, s'écria-t-elle d'un air de défi, j'estime que Sadie nous trahit en sortant avec ce calotin.

— Ce n'est pas sérieux.

— Qu'en sais-tu ?

Tommy s'appuya contre le mur sur lequel Kevin McCoy avait un jour écrit en grandes lettres blanches : « A BAS GUILLAUME LE PROTESTANT ». C'était la première fois que Linda le voyait aussi furieux et elle en éprouva quelque crainte. Il était ordinairement de bonne composition, bien plus large d'esprit que Sadie en tout cas.

— Je suis sûre qu'elle ne te dit pas tout, reprit Linda.

— Je suis en tout cas certain que si elle avait revu Kevin, elle m'en aurait parlé.

— Sa sœur t'avait tapé dans l'œil, hein ?

— Faux. Je la trouvais gentille, c'est tout.

— C'est une papiste et elle aura sans doute une douzaine de marmots.

— Quel rapport ? Je n'ai jamais eu l'intention de l'épouser. Je n'avais d'ailleurs que quatorze ans quand nous nous sommes connus.

Il se remit à marcher sans se soucier de la présence de Linda. Il pensait aux jolis yeux bruns et au doux sourire de Brede. Il y avait des années qu'il n'avait plus pensé à elle. Il n'avait d'ailleurs eu aucune raison de le faire.

— Ne sois pas fâché, dit Linda en glissant sa petite main chaude dans la sienne. Sincèrement, je ne voulais faire de mal à personne, Tommy.

— O.k. ! soupira-t-il.

— Si nous allions acheter des chocolats chez Mrs. McConckey avant d'aller au cinéma ?

Mrs. McConckey tenait une petite boutique dans la rue voisine. On y trouvait de tout, de la confiserie au sparadrap. Elle lisait le journal du soir en reposant son imposante poitrine sur le comptoir. Cette poitrine grossissait d'année en année et Sadie avait prédit qu'un jour la bonne Mrs. McConckey devrait faire des agrandissements pour pouvoir la caser dans sa boutique.

— Quelle époque, mon Dieu, quelle époque, dit-elle au moment où ils entraient. Il est grand temps qu'on donne une bonne leçon à ces voyous. Ne voilà-t-il pas qu'ils attaquent l'armée à coups de pavés maintenant, ajouta-t-elle, en frappant le journal du plat de la main. Et ils s'y mettent tous, même les femmes et les enfants.

— Je crois qu'ils n'aiment pas beaucoup les perquisitions dont ils sont l'objet, dit Tommy.

Mrs. McConckey souleva sa volumineuse poitrine du comptoir.

— De quel bord es-tu finalement ? demanda-t-elle.

— Ce n'était qu'un commentaire en passant.

— Nous voudrions deux chocolats au lait, Mrs. Conckey, dit Linda en pointant l'index vers un rayon.

Les commentaires sans fin sur les troubles du pays l'ennuyaient. Elle essayait de ne pas y penser et ne rêvait qu'à s'amuser. Elle ne voulait pas jeter de pavés et redoutait qu'on en jetât un jour sur elle. Quelques années plus tôt, elle avait bien accompagné la bande de jeunes du quartier, mais, comme le disait très justement sa mère, ce n'était pas elle qui avait été au-devant des ennuis, mais Sadie Jackson qui l'avait entraînée.

3
Brede

Mrs. McCoy retira de l'évier la dernière assiette couverte de mousse et la déposa sur l'égouttoir afin que Brede l'essuyât. Mr. McCoy était assis dans son coin et marmonnait en parcourant le journal.

— Qu'ils y viennent perquisitionner dans cette maison, dit-il.

Mrs. McCoy ne répliqua pas. Elle s'essuya les mains et rangea la vaisselle.

— Peux-tu me dire pourquoi ce sont toujours les catholiques qu'ils choisissent ? demanda-t-il en se tournant vers Brede.

Brede soupira.

— L'armée anglaise doit quitter cette province, déclara-t-il encore.

— Les incidents n'en seraient que plus nombreux, dit Brede.

— Tu n'y connais rien. Vous êtes d'ailleurs toutes pareilles, vous les femmes. Pour vous, c'est toujours la même chanson : la paix à tout prix.

Mrs. McCoy et Brede rangèrent les dernières assiettes. La pile était haute car la famille comptait déjà huit enfants et le neuvième était attendu à bref délai.

— Pourquoi ne vas-tu pas t'allonger, m'man ? dit Brede. Tu as l'air fatiguée.

— Je vais très bien. Je me demande seulement où reste Kevin. Son thé est en train de s'évaporer dans le four.

Mrs. McCoy se faisait toujours du souci lorsqu'il rentrait tard, craignant chaque fois le pire. Elle était tout aussi soucieuse lorsque les plus jeunes étaient en retard. Ils parcouraient le quartier en compagnie de leurs petits amis et insultaient les soldats qui patrouillaient dans le coin. Elle s'efforçait de maintenir un semblant de discipline parmi eux, mais était bien souvent trop fatiguée pour pouvoir aller jusqu'au bout de ses bonnes résolutions. Le père désapprouvait ces randonnées pour le principe, mais il préférait fermer les yeux.

— Les gosses sont tous pareils, avait-il coutume de dire. A leur âge j'en faisais tout autant.

Une détonation ressemblant à un coup de fusil les fit tous se précipiter à la rue.

— Doux Jésus, s'exclama Mrs. McCoy en suivant son mari et Brede jusque sur le pas de la porte.

Mr. McCoy était plié en deux de rire.

— Sacré Albert. Tu nous as fichu une belle frousse, dit-il.

— Ce n'est que la voiture d'oncle Albert, dit Brede à sa mère.

La voiture en question était vieille, rouillée et Mrs. McCoy disait souvent que cette antiquité ne tenait ensemble que par miracle et qu'elle ne comprendrait jamais ce qu'Albert avait fait pour mériter un tel miracle. Au dernier recensement, il avait onze enfants et n'avait travaillé que quand il n'y avait vraiment pas moyen de faire autrement. Il vivait de ses allocations familiales et n'hésitait pas à emprunter auprès de ses nombreux frères et sœurs, chaque fois qu'il était à court d'argent, ce qui était monnaie courante... si l'on peut dire !

— Ecoute, Pete, dit Mrs. McCoy à son mari, je t'interdis de lui donner quoi que ce soit. Il ne t'a pas encore rendu la dernière livre que tu lui as prêtée. Tu sais que nous avons tout juste de quoi vivre.

Albert sortit de la voiture et s'avança le sourire aux lèvres.

— Par exemple, tu deviens ravissante, Brede, s'écria-t-il. Tu vas te retrouver mariée avant que nous ayons le temps de dire ouf.

Brede rougit.

— Elle a bien le temps, dit Mrs. McCoy d'un ton acide. Qu'elle profite de la vie tant qu'elle en a l'occasion.

— Ouais, on ne peut pas dire que tu as été gâtée sur ce plan-là, pas vrai, Mary ? reprit Albert.

— Je ne me plains pas.

Une bande de gosses déboucha du coin opposé de la rue. Ils marchaient en file indienne et tenaient chacun un fusil en bois ou une arme de leur fabrication sous le bras.

— Voilà notre Gérald, dit Brede.

Gérald conduisait la file dans laquelle Mrs. McCoy avait déjà repéré deux autres de ses jeunes fils.

— Gérald, appela-t-elle. Rentre, il est temps.

— Oh ! maman, il est encore tôt, cria Gérald qui s'était arrêté et avec lui toute la file de gosses.

— Laisse-le encore un peu jouer, dit le père. Il fait bon et il est mieux dehors qu'enfermé dans la maison.

— Je n'aime pas leurs jeux.

— Bah, tous les gosses jouent à gendarmes et voleurs.

— Je trouve qu'ils font plus que simplement « jouer ».

— On ne peut pas les blâmer. Où qu'ils se trouvent, ils ne voient que des tanks et des soldats en armes.

Mrs. McCoy soupira. Il faut dire qu'elle était quelque peu dépassée par les événements. Elle avait mieux à faire que de s'occuper des protestants, mais elle aurait tout de même préféré vivre en paix dans sa rue et les laisser vivre à leur guise dans les leurs, sans qu'ils s'affrontent pour un oui ou pour un non à la limite de leurs quartiers respectifs. Elle aurait souhaité revenir dans les champs verdoyants de County Tyrone où elle avait été élevée. Elle était un peu plus âgée que Brede lorsqu'un beau jeune homme brun aux cheveux bouclés et à la langue bien pendue, lui avait proposé de l'épouser et de l'emmener à la ville. Il lui avait dit que toute l'agitation de la grande cité lui plairait sûrement, mais tout ce qu'elle en avait vu, c'était cette rue aux maisons de briques rouges et l'avenue où elle allait faire ses emplettes. De nos jours, les enfants jouaient à la guerre au lieu d'aller à la pêche ou de grimper aux arbres.

— Vivent les rebelles ! cria Albert.

Son frère et lui éclatèrent de rire et les enfants poussèrent des cris de joie. Gérald donna l'ordre à la colonne de reprendre la marche et les gosses avancèrent sur la pointe des pieds, comme s'ils étaient sur le point de surprendre l'ennemi.

— Tu ne devrais pas les encourager de la sorte, Albert, dit Mrs. McCoy d'une voix douce.

— Tu prends ces jeux bien trop au sérieux, dit son mari. Viens, Albert, allons jusqu'au pub boire un verre.

Mrs. McCoy leur tourna le dos et rentra dans la maison. Brede, quant à elle, resta encore un moment sur le pas de la porte pour regarder les deux hommes embarquer dans la voiture. Le véhicule démarra dans un bruit de ferraille et laissa échapper deux ou trois détonations qui ressemblaient à s'y méprendre à des coups de fusil. Brede frissonna en entendant ces claquements secs.

La jeune fille regagna la cuisine où sa mère se préparait à ravauder des bas. Son visage était de nouveau serein, mais une immense tristesse se lisait dans son regard.

— Tu es sûre que tu te sens bien, m'man ? demanda Brede.

Mrs. McCoy éclata de rire.

— J'ai envie d'aller faire un brin de causette avec Kate, si cela ne t'ennuie pas, reprit Brede.

— Vas-y, ma chérie, mais ne rentre pas trop tard,

ajouta automatiquement Mrs. McCoy. Si tu vois Kevin, dis-lui que son thé est froid.

La rue était calme et Brede marchait d'un pas vif. Comme elle allait tourner le coin de la rue, Gérald surgit devant elle en hurlant :

— Haut les mains !

Et pour bien montrer qu'il ne plaisantait pas, il lui enfonça son fusil de bois dans l'estomac.

— Pour l'amour du ciel, Gérald, dit Brede en détournant le jouet. Un de ces jours tu te tromperas de personne et tu en seras quitte pour une bonne fessée.

Gérald fit semblant d'arroser les environs de balles en imitant le crépitement d'une mitraillette. Les autres gosses firent mine d'être touchés et se laissèrent glisser sur le sol en se tenant le ventre, la poitrine ou l'épaule. Sur le mur devant lequel ils simulaient cette hécatombe on pouvait lire : « VIVE L'I.R.A. » et « SOUVENEZ-VOUS DE 1916. »

Brede se fraya un chemin parmi les enfants couchés à même le trottoir et reprit son chemin.

Kate était dans sa chambre et lisait un magazine en tenant une main levée pour faire sécher son vernis à ongle. Elle consacrait beaucoup de temps à ses soins de beauté. La visite de Brede parut lui faire plaisir.

— Je m'ennuyais à mourir, dit-elle. Il ne se passe jamais rien ici.

— Il se passe bien assez de choses comme ça, répondit Brede, en se penchant à la fenêtre. Ces gosses m'inquiètent.

— Nous étions pareils à leur âge, fit Kate, en soufflant sur son vernis.

— Pas tout à fait. Ils sont pires que nous.

— N'avons-nous pas été mêlés à une sérieuse bagarre ? Tu ne peux l'avoir oublié.

— Il n'y a pas de danger.

Ils s'étaient battus contre une bande de protestants et Brede avait été grièvement blessée. On l'avait transportée à l'hôpital en ambulance, tandis que Kevin suivait dans une voiture de police en compagnie de Sadie et Tommy Jackson, deux des protestants. Elle pensa à eux et se demanda ce qu'ils étaient devenus.

Elle se retourna et s'appuya au chambranle de la fenêtre.

— Est-ce que tu as vu Kevin ? demanda-t-elle à Kate.

— Pas depuis qu'il a quitté l'atelier, répondit Kate. Pourquoi ? Il n'est pas rentré ?

Brede fit un signe de dénégation et haussa les épaules. Elle n'était pas sérieusement inquiète, car elle savait que son frère aimait à se promener en ville, loin de leur quartier, où il se sentait prisonnier.

— J'espérais qu'il passerait me voir ce soir, dit Kate. Il n'y a tout de même pas une autre fille, dis ?

— Pas à ma connaissance.

Brede savait par contre que Kate s'accrochait à Kevin et que cela irritait son frère au plus haut point.

Un bruit de voix monta de la rue. Brede se pencha de nouveau à la fenêtre. Elle vit un bras se lever et une brique fendit l'air.

— Une bagarre ! cria-t-elle en se précipitant hors de la chambre.

Elle se rua hors de la maison suivie de Kate, elle-même pourchassée par sa mère qui leur hurlait de rentrer. Tous les enfants étaient à présent en train de jeter des pierres ou tout ce qui leur tombait sous la main. Un filet de sang coulait le long de la tempe d'un des soldats. Ils n'étaient que deux et s'étaient arrêtés face à la meute hurlante des gosses en tenant leurs armes inutiles pointées vers le sol. Les soldats étaient jeunes, ils ne devaient pas avoir beaucoup plus de vingt ans.

Ils tournèrent brusquement les talons et s'enfuirent en courant.

— Lâches, hurlèrent les enfants. Dégonflés, pieds-plats.

Ils poussèrent un « hourra » strident et se mirent à faire une sarabande en brandissant leurs armes par-dessus leurs têtes.

— Petit crétin, cria Brede, en saisissant Gérald par le bras.

Gérald se libéra d'une secousse et se remit à danser hors de portée de sa sœur.

— Traîtresse, hurla-t-il, en guise de réponse.

— Tu n'as pas le droit de le traiter de crétin, dit une voix derrière Brede.

Elle fit volte-face et se trouva nez à nez avec Brian Rafferty, un ancien copain de classe de Kevin. Il dépassait largement le mètre quatre-vingts à présent et ses épaules étaient presque aussi larges que celles de son père dont la renommée de bagarreur avait dépassé les limites du quartier. Rafferty père avait des poings comme des jambons et n'hésitait pas à les utiliser à la moindre provocation. Brian lui ressemblait de plus en plus.

— On n'est pas un crétin quand on se bat pour son pays, reprit-il.

— Quand on se bat... Oh, Brian Rafferty, tu me rends malade.

— Brede McCoy, je ne te savais pas aussi impétueuse, dit Brian en riant. Je te croyais douce et réservée.

— Comment pourrais-je l'être, quand je vois mon gamin de frère jeter des briques à la tête des soldats.

— Ce sont eux qui l'ont voulu. Ils occupent notre pays.

— Ce n'est pas de leur faute. Ils préféreraient sûrement être ailleurs.

— Oh, cessez de vous chamailler, vous deux, intervint Kate qui se tenait précautionneusement contre le mur. Si nous allions boire un coca à la cafétéria ? Kevin y est peut-être.

Brede se tourna vers son jeune frère.

— Rentre immédiatement. Gérald, ou j'envoie papa te chercher.

— Elle a raison, il est temps de rentrer les gars, dit Brian. On se verra demain.

— D'accord, Brian, dit Gérald, en saluant son aîné militairement et en claquant des talons.

Les gosses se dispersèrent et Brede les regarda s'éloigner d'un air incrédule. Brian avait l'air très satisfait de lui.

— Ce n'est tout de même pas toi qui les a poussés à agir de la sorte, dis Brian ? demanda Brede d'une voix douce.

Il éclata de rire, mit les mains en poches et s'éloigna d'un air désinvolte.

— Je le trouvais bien, commenta Brede, mais je n'en suis plus aussi sûre maintenant. Il a changé.

— J'ai entendu dire qu'il faisait partie des Provos, dit Kate en bâillant.

— C'est impossible !

Les « Provisoires » étaient une faction dissidente de l'I.R.A. Leur but était la réunification de l'Irlande et ils estimaient pouvoir n'y arriver que par la violence.

— Allons jusqu'à la cafétéria, répéta Kate.

— J'ai froid, dit Brede, en frissonnant. Je vais rentrer.

Elle dit bonsoir à Kate et courut d'une traite jusque chez elle. Sa mère était encore assise dans la cuisine et n'en finissait pas de ravauder ses bas.

— Que s'est-il passé, Brede ? demanda-t-elle.

— Trois fois rien. Est-ce que les enfants sont rentrés ?

— Oui, je les ai envoyés au lit.

Brede hésita un moment.

Elle regarda le visage fatigué de sa mère et se dit qu'il valait mieux ne pas lui donner un motif de plus de se faire du souci. Elle parlerait à Kevin.

— Kevin est rentré ?

— Non, toujours pas de nouvelles de lui. Il n'aura qu'à s'en prendre à lui-même si son dîner est brûlé.

Brede monta à la chambre qu'elle partageait avec

ses sœurs. Elles étaient déjà couchées : l'une dormait et les deux autres jouaient aux cartes. Brede prit un livre et s'installa près de la fenêtre sans parvenir à lire. Chaque fois qu'elle entendait des pas dans la rue, elle se penchait pour voir s'il ne s'agissait pas de Kevin.

4
Cave Hill : le refuge

Au sommet de Cave Hill où ils étaient assis, Sadie et Kevin contemplaient la ville, qui s'étalait sous eux. Des tentacules faits d'usines, de bureaux et de maisons s'enfonçaient, comme autant de poignards, dans la verte campagne des environs. On aurait dit que les hommes voulaient à tout prix récupérer la portion de terrain occupée par le bras de mer du canal du Nord qui s'avançait à peu près au milieu de la ville. Sous un ciel sans nuages, l'eau était bleue et parsemée de bateaux sur lesquels semblaient veiller les énormes grues du port.

— J'aime regarder la ville, dit Kevin.

— Moi aussi, avoua Sadie. Tout a l'air si paisible... Si seulement c'était vrai ! ajouta-t-elle.

Il faisait en tout cas très calme, là-haut sur la colline. Le vent caressait leurs jeunes visages et jouait dans leurs cheveux. Sadie était assise, les jambes repliées et le menton reposant sur ses genoux. Elle était détendue en compagnie de Kevin ; il était d'ailleurs rare qu'elle se sentît mal à l'aise avec qui que ce fût, mais dans ce cas-ci, elle éprouvait une satisfaction indéfinissable.

— C'est drôle, commença-t-elle.

— Quoi ? demanda-t-il en s'appuyant sur un coude pour se tourner vers elle.

— Je me disais qu'un endroit paraît toujours plus sympathique quand on le contemple à deux.

— Deux paires d'yeux valent mieux qu'une, pour autant qu'elles voient les choses sous le même angle, évidemment.

« Il a l'art de parler aux filles », pensa-t-elle.

Il regardait de nouveau la ville et elle en profita pour l'observer à la dérobée. De son visage plutôt mince émanait une sorte de force tranquille ; il avait aussi le teint hâlé de ceux qui vivent beaucoup au grand air. C'était sûrement le genre de garçon à ne rentrer chez lui que pour dormir. Elle comprenait le sentiment d'inquiétude qui devait l'agiter, car elle éprouvait la même chose.

Il désigna les navires.

— As-tu déjà été à bord d'un bateau, Sadie ? D'un vrai, je veux dire.

— Non. Seulement dans une barque à Bangor.

Ils éclatèrent de rire.

— Nous retournerons un jour à Bangor si tu le veux, dit Kevin. Je t'emmènerai faire un tour en barque et je ramerai jusqu'à ce que nous nous retrouvions en Ecosse. Qu'est-ce que tu dirais de ça ?

— Cela ne me déplairait pas.

— Je te crois capable de tout.

— Ma mère dit que je choisis la voie la plus difficile, quand j'entreprends quelque chose, dit-elle.

— Si nos mères devaient un jour se rencontrer, je parie qu'elles diraient les mêmes choses à notre sujet.

Ils se turent et réalisèrent qu'il était impossible que leurs mères fissent un jour connaissance.

— Bon, dit Kevin d'un ton léger et en se levant, je crois qu'il est temps de partir.

Il lui tendit la main et l'aida à se mettre sur pieds. Ils descendirent la colline en marchant côte à côte, mais en évitant le moindre contact. Tandis que le ciel s'assombrissait de plus en plus, les fenêtres des maisons s'éclairaient de tous côtés. Les couleurs variaient constamment et le rose, le jaune, le turquoise ou le rouge apparaissaient soudain pour se fondre dans le bleu.

— Regarde le ciel, dit Sadie, comme si c'était la première fois qu'elle le voyait.

Ils s'arrêtèrent et levèrent la tête. Kevin posa une main sur l'épaule de la jeune fille. Sa main était chaude et son contact plut à Sadie.

— C'est une belle vue, dit Kevin. On ne voit jamais rien de pareil de la rue.

Il lui tint la main pendant toute la descente et la garda encore dans la sienne lorsqu'ils furent arrivés au pied de la colline.

— Qu'est-ce que tu dirais d'une portion de chips ? demanda-t-il. J'ai envie de manger quelque chose.

Ils prirent la rue principale en direction du centre de la ville. Tout en marchant, ils se racontèrent des anecdotes à propos de leur travail.

Il lui caressa rapidement les cheveux.

— Je ne peux pas t'imaginer avec un chapeau, dit-il.

Ils aperçurent l'enseigne d'un café-restaurant et sentirent l'odeur des chips avant même d'avoir atteint l'établissement. A l'intérieur, il faisait chaud et clair et un juke-box dispensait sa musique. Elle prit place à une table libre pendant qu'il allait passer leur commande au comptoir.

Elle jeta un coup d'œil autour d'elle. La clientèle était presque exclusivement composée de jeunes qui buvaient du café ou du coca-cola. De l'autre côté de la salle, elle aperçut deux filles qui travaillaient dans le même magasin qu'elle. Ses collègues la virent au même moment, se levèrent et s'approchèrent de la table.

— Salut, Sadie. Qu'est-ce que tu fais dans le coin ?
— J'ai été à Cave Hill.
— Seule ?
— Non.

Elle fit un signe de tête en direction de Kevin qui faisait la file devant le comptoir.

Les deux jeunes filles examinèrent Kevin avec soin et approuvèrent d'un clin d'œil.

— Pas mal, le gars. Où l'as-tu déniché ?
— Je ne l'ai déniché nulle part. Je le connais depuis des années.

Curieuses, elles reprirent leur examen. Les vendeuses du magasin aimaient parler de leurs flirts. Ces bavardages ennuyaient Sadie qui ne frayait que rarement avec ses collègues. Elles n'avaient toutes qu'un objectif : se marier le plus rapidement possible.

Kevin revint en portant deux assiettes abondamment garnies de poisson et de pommes chips. Dès qu'il les eut déposées sur la table, Sadie le présenta aux deux jeunes filles qui lui adressèrent leur plus radieux sourire. Mais les mines avenantes disparurent aussi vite qu'elles étaient venues, quand elles eurent enregistré le nom du garçon. Kevin McCoy. Un nom catholique, pas de doute à ce sujet. Sadie les fixa sans sourciller pour leur faire comprendre qu'elle se moquait pas mal de leur opinion.

— Eh bien, nous allons vous laisser. A demain, Sadie.

Elles toisèrent une dernière fois Kevin avant de se diriger vers la sortie. Le lendemain matin, elles ne manqueraient pas de l'attendre au vestiaire pour lui poser une foule de questions idiotes auxquelles elle ne répondrait pas. Sadie Jackson, mieux que quiconque, savait remettre les gens à leur place.

Sadie se mit à rire.

— Qu'est-ce qu'il y a ? demanda Kevin.

— Je pense à mes deux collègues. Elles ont de quoi jaser jusqu'à ce qu'elles soient chez elles.

— Si ça peut faire leur bonheur, dit-il d'un air dégoûté. Allons, mange, avant que cela ne soit froid.

Sadie se rendit compte que le grand air de Cave Hill lui avait creusé l'appétit. Ils mangèrent en silence et terminèrent leur repas par une tasse de café. Elle l'interrogea sur sa famille.

— Combien de frères et de sœurs as-tu exactement ? demanda-t-elle.

— Nous sommes huit enfants. Un de plus que lors de notre dernière rencontre et il y en aura encore un autre le mois prochain.

— Neuf, s'écria-t-elle, en prenant une mine horrifiée. Quelle vie pour ta mère !

— Elle ne se plaint pas, dit Kevin.

— Oh ! Kevin, ne dis pas de bêtises. Quelle est la femme qui pourrait prendre plaisir à élever une pareille bande de gosses ?

Son visage se rembrunit. Il haussa les épaules. Il ne tenait pas à poursuivre la conversation sur ce terrain, mais elle ne l'entendait pas de cette oreille. Elle savait pertinemment bien qu'elle était odieuse en agissant de la sorte, mais c'était comme si un démon la poussait à retourner le fer dans la plaie au lieu d'abandonner le sujet d'une manière raisonnable.

— Comment pouvez-vous espérer avoir une vie normale avec tous ces enfants ? Je ne comprends pas pourquoi le pape vous oblige à en avoir autant.

— C'est toi qui dis des bêtises maintenant, dit-il, sans pouvoir contenir sa colère. Le pape ne nous oblige à rien. Vous êtes tous les mêmes, vous autres protestants. Vous parlez toujours sans savoir.

Ils se mesurèrent du regard pendant un moment puis baissèrent les yeux. Ils ne voulaient plus se quereller comme dans le passé. Sadie avala péniblement sa salive avant de parler. Il lui était toujours extrêmement pénible de faire marche arrière.

— Je m'excuse, dit-elle. Je ne pensais pas vraiment ce que j'ai dit.

— N'en parlons plus.

C'était la première fois depuis leur rencontre qu'un sentiment de gêne se glissait entre eux. Kevin fronçait les sourcils et avait le regard sombre. Sadie jouait avec sa cuillère dans sa tasse.

— A titre documentaire, je te signale que, personnellement, je ne tiens pas à avoir neuf gosses, dit-il.

— Non ?

— Non. Je ne pourrais pas les nourrir. — Il se leva — Viens, je te raccompagne.

— Ne t'y crois pas obligé.

— Je n'ai jamais d'obligation. Je ne fais que ce que j'ai envie de faire. C'est une chose que tu devrais savoir, depuis le temps que tu me connais, Sadie Jackson.

Elle éclata de rire et se leva d'un bond.

— Je le sais, mais tu pourrais t'attirer des ennuis en venant te balader dans ma rue.

— Rassure-toi, je te quitterai au coin et je ne m'aventurerai pas jusqu'à ta porte. Je ne voudrais pas que ta mère ait une crise cardiaque.

Le nuage qui avait un moment obscurci leur entente s'était évaporé pour refaire place à l'amitié. Ils parcoururent les rues main dans la main en évitant les points chauds où les militaires avaient élevé des chicanes en barbelés.

Ils durent brusquement s'abriter sous un porche pour laisser passer deux hommes qui couraient à en perdre haleine. Sadie et Kevin comprirent aussitôt qu'il s'agissait de fuyards. Quelques secondes plus tard, quatre soldats passèrent à leur tour en martelant le sol de leurs grosses chaussures. Dès qu'ils furent hors de vue, Sadie et Kevin poursuivirent leur route tenaillés par un sentiment de crainte, sachant que le seul fait de se promener ensemble pouvait provoquer des troubles.

5
Le feu aux poudres

Mrs. Jackson suivait avec tant d'attention le film à la télévision qu'elle n'entendit Mrs. Mullet que lorsque celle-ci ouvrit la porte de la cuisine.

— J'ai appelé, dit Mrs. Mullet, mais vous n'avez pas entendu.

— C'est à cause de la télévision, répondit Mrs. Jackson, comme si l'explication était nécessaire.

Son regard ne quitta pas le petit écran, car le film en était à un moment capital et elle ne tenait pas à en perdre le plus petit passage au profit de Mrs. Mullet, qu'elle voyait tous les jours et même plutôt deux fois qu'une. Il lui était arrivé de souhaiter que la voisine habitât à l'autre bout de la ville. Mrs. Mullet était la plus grande commère de la rue et elle semblait n'avoir rien de mieux à faire que de rester sur le pas de sa porte pour potiner avec les passants. Ces cancans n'étaient le plus souvent que des rumeurs... de préférence scandaleuses. La bonne dame aimait à répéter à longueur de journée qu'elle était horrifiée.

Elle se tenait près de la porte de la cuisine, dressée sur ses chaussures à talons aiguilles, qui avaient été à la mode quelques années plus tôt. Mrs. Jackson n'avait rien d'une femme chic, mais Mrs. Mullet se considérait comme l'arbitre des élégances du quartier.

— Je ne sens plus mes pieds, dit la voisine. Je n'ai pas eu une minute de répit aujourd'hui.

— Asseyez-vous un instant, dit Mrs. Jackson en se levant pour diminuer le son de la télévision, mais sans toucher à l'image.

Mrs. Mullet se laissa tomber dans le fauteuil de Mr. Jackson et se débarrassa de ses chaussures.

— Ouf, cela va mieux, soupira-t-elle.

Mrs. Jackson l'examina avec méfiance. Elle ne pouvait être venue que pour cancaner ou pour lui emprunter quelque chose. Un peu de thé par-ci, quelques œufs par-là, pas étonnant qu'elle puisse s'acheter aussi souvent de nouvelles robes et habiller sa fille comme une princesse. Ces derniers temps, elle venait souvent parler de Tommy et Linda. Elle aimait Tommy, trouvait qu'il était sérieux et espérait que tout se terminerait rapidement par un mariage. De son côté, Mrs. Jackson souhaitait que son Tommy prit son temps avant de se décider.

— Tommy est sorti avec Linda, ce soir, dit Mrs. Mullet. Ils semblent beaucoup se plaire.

Mrs. Jackson garda les yeux rivés sur le petit écran.

— Ils sont encore bien jeunes, dit-elle.

— Les enfants se marient de plus en plus jeunes.

— Ils sont aussi de moins en moins raisonnables, répliqua Mrs. Jackson, en se tournant cette fois vers la mère de Linda.

— Allons, Mrs. Jackson, que dites-vous là ? Pourquoi ne se marieraient-ils pas, si c'est ce qu'ils souhaitent ?

— Je crois qu'ils tiennent à profiter un peu de la vie avant de se retrouver mariés et en train d'élever deux ou trois marmots.

— Je me suis mariée à dix-sept ans et je ne l'ai jamais regretté, dit Mrs. Mullet en pinçant les lèvres.

— Voulez-vous une tasse de thé ? demanda Mrs. Jackson, bien décidée à ne pas poursuivre sur ce terrain.

— Ce n'est pas de refus.

Mrs. Jackson fit chauffer de l'eau et mit quelques biscuits sur une assiette.

— Sadie est sortie ce soir ?

— A vrai dire, elle n'est pas encore rentrée, répondit Mrs. Jackson en se raidissant.

— Linda l'a aperçue en rentrant.

Mrs. Jackson fit infuser le thé et réduisit le gaz. Elle prit deux tasses sur l'égouttoir.

— Du sucre et du lait, je crois, Mrs. Mullet ?

— Deux sucres, s'il vous plaît. Oui, je disais donc que Linda avait vu Sadie à l'arrêt du bus.

Mrs. Jackson servit le thé, tendit une tasse à Mrs. Mullet et reprit place en face de la télévision.

— Voulez-vous voir le film ? demanda-t-elle.

— Non, je l'ai déjà vu.

Elles burent et mangèrent quelques biscuits en écoutant le murmure du téléviseur. Mrs. Jackson attendait l'impact de la remarque suivante.

— Je sais que cela ne me regarde pas, Mrs. Jackson, mais je n'aimerais pas que Sadie eût des ennuis...

— Inutile de vous faire du souci à ma place à propos de Sadie, Mrs. Mullet, la coupa Mrs. Jackson. Elle a la tête bien vissée sur les épaules.

— On dirait pourtant qu'il lui arrive de la perdre. Oh, notez que je ne la critique pas. Vous savez à quel point je l'aime. Linda et elle sont comme les deux doigts de la main depuis qu'elles sont au monde.

Mrs. Jackson se leva et augmenta le volume du son de la télévision. Le film était un western et le bruit de la fusillade sur fond de grand galop noya instantanément la voix de Mrs. Mullet.

La porte s'entrouvrit et la tête de Mr. Jackson apparut dans l'entrebâillement.

— Je suis rentré, Aggie. Oh, bonjour, Mrs. Mullet. Comment allez-vous ?

— Pas trop mal.

— Je vais préparer le dîner, dit Mrs. Jackson à son mari.

— Je prendrais bien une tasse de thé en attendant. A l'heure qu'il est, votre mari est déjà rentré de la réunion, Mrs. Mullet, et je crois qu'il a aussi faim que moi.

— Vous ne pensez qu'à votre estomac, vous les hommes, dit Mrs. Mullet en se levant. A bientôt.

Et elle sortit.

Mrs. Jackson baissa complètement le son de la télévision.

— Cette femme me casse les pieds, dit-elle à son mari.

Mr. Jackson rit et se frotta les mains. Il avait bu une pinte de Guinness avant de rentrer et se sentait en forme.

— Voyons, Aggie, ce ne sont pas des choses à dire. L'autre jour, tu as réprimandé Sadie pour avoir utilisé la même expression.

— Et elle y aurait aussi droit, si elle était là en ce moment. Cette gamine ne me cause que des ennuis. Il ne se passe pas de jour sans qu'on cancane à son sujet. Il faut que cela cesse, Jim. J'en ai assez de voir cette commère de Mullet venir me raconter le dernier potin à propos de Sadie.

— Bah ! Sadie est une bonne fille.

— Qui court avec un calotin ? Tu vas sans doute me dire que tu l'approuves ?

— Pas du tout, mais il ne s'agit peut-être que d'une rencontre fortuite. Après tout, nous n'avons que la parole de Linda et tu avoueras que ce n'est pas grand chose.

La mère de Linda referma doucement la porte de rue, après avoir entendu la première partie de la conversation des Jackson. Alors, comme ça, la vieille Jackson en avait assez de la voir chez elle. Mrs. Mullet hocha la tête. Cela ne se passerait pas comme ça. Elle veillerait à ce que toute la rue sache ce qui se passe. Il n'y avait aucun mal à dire la vérité et d'ailleurs, ne fallait-il pas se protéger contre le noyautage catholique ? N'était-ce pas pour cela que leurs hommes se réunissaient en Loges et organisaient des défilés pour défendre leur foi ? Elle traversa la rue et ne vit que quatre gamins qui jouaient aux soldats. Ils étaient vêtus d'anoraks kaki et coiffés de vrais bérêts militaires qu'ils avaient chapardés Dieu sait où. Mrs. Mullet dut donc se résoudre à rentrer chez elle pour raconter l'histoire à son mari. Ce dernier lisait les résultats des courses de lévriers et semblait plus intéressé par ceux-ci que par la trahison de Mrs. Jackson.

— C'est tout de même une brave femme, se contenta-t-il de dire.

— Voilà bien les hommes. Que dirais-tu si Linda flirtait avec un papiste ?

— Mais ce n'est pas le cas, n'est-ce pas ? répondit-il, sans même lever la tête. D'autre part, Tommy est un bon protestant, même s'il ne fait pas partie de la Loge.

Mrs. Mullet haussa les épaules et retourna sur le pas de sa porte. Elle ne vit que grand-mère McEvoy enveloppée dans son châle gris, qui cherchait son chat. Le malheur, c'est que grand-mère McEvoy était complètement sourde et qu'elle comprit tout de travers, si bien que Mrs. Mullet fut bien obligée d'abandonner. Elle dut cependant subir la vieille dame pendant une dizaine de minutes, car personne n'échappait à l'histoire de son mari qui avait combattu à l'époque de la partition de l'Irlande et qui n'avait échappé à la mort que par miracle. Mrs. Mullet avait entendu ce récit tant de fois, qu'elle aurait pu le raconter à l'envers.

— C'était un vrai patriote, dit la grand-mère, en

serrant son châle. Et maintenant, vous me dites qu'il y a des papistes qui habitent dans la rue ?

— Non, non, grand-mère, ce n'est pas ce que j'ai dit. Allez vite chercher votre chat avant qu'il ne fasse noir.

La vieille McEvoy s'éloigna en traînant les pieds et en appelant son minet. Mrs. Mullet se tourna vers l'autre extrémité de la rue en se disant que Tommy et Linda n'allaient pas tarder à rentrer. Le cinéma devait avoir fermé ses portes depuis une demi-heure au moins.

Les deux jeunes gens étaient assis dans une cafétéria et buvaient un café. Le film avait beaucoup plu à Linda qui y était même allée de sa petite larme au moment le plus pathétique. Tommy, par contre, s'était ennuyé. Il se disait que c'était sans doute le prix qu'il fallait payer pour sortir une fille et il aimait aller au cinéma avec Linda. Elle savait se montrer très douce et tendre et il aimait lui tenir la main dans le noir.

— Voilà Steve, dit Linda.

Steve et Tommy avaient été camarades d'école. Steve était amoureux de Sadie, mais elle le trouvait ennuyeux et prétendait qu'il n'avait aucune imagination. Elle sortait rarement plus de deux fois avec le même garçon.

— Je peux ? dit Steve, en désignant une chaise.

— Bien sûr, répondit Tommy.

Steve prit place à leur table.

— Nous avons été au cinéma, dit Linda.

— Devine où j'ai été, moi, demanda Steve à Tommy. Je me suis inscrit à la Loge.

Tommy ne réagit pas.

— Je ne cesse de répéter à Tommy qu'il devrait y aller, lui aussi, dit Linda. Presque tous les hommes du quartier en font partie. J'aimerais tant qu'il participât au défilé du « Douze ».

Tommy haussa imperceptiblement les épaules.

— Pourquoi ne viens-tu pas, Tommy ? insista Steve. Tu pourrais encore jouer dans la fanfare.

Lorsqu'il était plus jeune, Tommy avait joué de la flûte dans la fanfare des juniors, mais cela datait d'avant la bagarre au cours de laquelle Brede avait failli être tuée. Ce soir-là, ils avaient bien cru qu'elle allait mourir, et Tommy avait décidé de ne pas participer au grand défilé orangiste. Linda et Steve savaient que c'était à cause de cet événement qu'il avait renoncé à l'époque. Mais ils s'expliquaient mal son entêtement actuel, que lui-même ne comprenait plus très bien non plus. Jamais l'idée de trahir les siens ne l'avait effleuré et en ce qui le concernait, l'Ulster devait demeurer britannique et protestante.

— Indépendamment de tout, c'est encore un bon soutien, ajouta Steve.

— Ah ! que j'aime le « Douze », avec son défilé, ses fanfares et son ambiance, dit Linda.

— Je crois qu'il est temps de rentrer, Linda, murmura Tommy.

— Tu parles d'une tête de mule, reprit Linda.

— Je crois qu'il n'est plus aussi loyaliste que dans le temps, dit Steve. Il y a des moments où on doit se compter.

— Tu viens, Linda ? dit Tommy en se levant.

Elle repoussa sa chaise et le suivit vers la sortie.

— Tu ne te défends même pas, dit-elle, d'un ton chagrin.

— Je n'ai pas à me défendre. Steve n'a pas de leçon à me donner.

— Mais si tu ne te joins pas aux autres, ils finiront par t'en vouloir.

— Eh bien, figure-toi que je m'en fiche complètement. Après tout, ce n'est pas parce qu'on est protestant qu'on doit automatiquement faire partie de la Loge. Au chantier, il y a des tas de gars de notre bord qui n'en sont pas membres.

— Mais presque tous les hommes du quartier le sont.

— Laisse tomber, Linda, dit-il calmement.

— Comme tu voudras, soupira-t-elle.

Il aperçut Sadie et Kevin avant Linda. Pendant un instant, il pensa la faire pivoter et l'emmener dans la direction opposée, mais il était trop tard.

— N'est-ce pas Sadie ? s'écria-t-elle tout excitée.

Sadie et Kevin se tenaient à l'extrémité de la rue. Ils se retournèrent à l'approche de Tommy et Linda.

— Salut, vous deux, lança Sadie sur un ton de défi.

— Bonsoir Tommy, dit Kevin d'un ton plus pondéré.

— 'Soir Kevin.

Ils se turent pendant un moment. Tommy et Kevin s'examinèrent en cherchant quelque chose à se dire et ne sachant par où commencer.

— Comment vas-tu ? demanda finalement Kevin.

— Bien, merci.

Il y eut un nouveau silence que Tommy rompit cette fois le premier.

— Comment va Brede ?

— On ne peut mieux.

— Remets-lui mon bonjour.

— Compte sur moi, dit Kevin en frottant la pointe de son soulier contre la bordure du trottoir. Eh bien, je crois qu'il est temps que je rentre. Je suis content de t'avoir revu, Tommy. Bonsoir Sadie, ajouta-t-il en se contentant de faire un signe de tête à Linda.

— Bonsoir Kevin, dit Sadie.

Il s'éloigna rapidement.

— Il a raison de filer en vitesse, car si nos copains lui mettent la main dessus, il passera un mauvais quart d'heure, siffla Linda.

— Oh, boucle-la, toi, s'écria Sadie.

— Et pourquoi devrai-je me taire, s'il te plaît ? demanda Linda.

— Laissez tomber toutes les deux, dit Tommy.

— On dirait que ça te laisse froid que ta sœur sorte avec un calotin, s'écria Linda en levant la tête d'un air provocateur.

Tommy savait qu'il l'avait piquée à vif en parlant de Brede.

— Rentrons, se contenta-t-il de dire.

Lorsqu'ils arrivèrent au coin de la rue, ils aperçurent la silhouette de Mrs. Mullet qui se détachait sous son porche éclairé.

— Et ne t'avise pas de parler de tout ceci à ta mère, Linda, ajouta Tommy, sur un ton lourd de menaces.

— Je dirai ce que je voudrai à ma mère.

— Fais-le et tu ne me reverras plus jamais.

— Ça devrait suffire à lui clouer le bec, dit Sadie. Maintenant qu'elle a réussi à te harponner, elle ne tient sûrement pas à te perdre.

Linda se rua sur Sadie, mais Tommy parvint à les séparer.

— Pour l'amour du ciel, allez-vous vous tenir tranquilles à la fin, dit-il d'une voix ferme.

Il maudit Sadie tout bas. Il y avait des jours où elle avait le diable au corps. Mrs. Mullet traversa la rue.

— Que se passe-t-il ici ? demanda-t-elle.

— Rien, Mrs. Mullet, répondit Tommy.

— Nous étions en train de nous taquiner, Mrs. Mullet, ajouta Sadie, d'un ton onctueux.

Linda ne pipa mot.

— Voulez-vous une tasse de thé, les enfants ? demanda la mère de Linda. Je viens tout juste d'en faire du frais.

— Non, merci, dit Tommy. Je dois me lever tôt demain.

— A demain, Tommy ? demanda Linda, d'une petite voix.

— Ouais, bonsoir.

Tommy et sa sœur s'éloignèrent. Lorsqu'ils entendirent la porte des Mullet claquer, Sadie murmura :

— Il y a des jours où je pourrais cracher à la figure de cette femme. Je me demande encore ce que tu peux trouver à Linda.

— Oh ! passe la main, tu veux, Sadie, dit Tommy, d'un ton las. Quand apprendras-tu à te taire ?
— Monsieur tient à sa petite vie pépère.
— Tu es plutôt agressive aujourd'hui.
— Oui, et je suis prête à affronter la tempête qui m'attend, dit-elle, en haussant les épaules. Linda n'a sûrement pas pu s'empêcher de venir à la maison pour annoncer qu'elle m'avait vue en compagnie de Kevin.

La tempête éclata dès qu'ils eurent franchi le seuil de la cuisine. Sadie écouta la tirade de sa mère la tête haute.

— Tout ce que j'ai fait, c'est de sortir avec un garçon, dit-elle, finalement.
— TOUT ? s'écria sa mère.
— Je t'interdis de le revoir, tu m'entends ? dit son père.
— Je le verrai si je veux, répliqua Sadie en ouvrant la porte de la cuisine.
— Reviens, rugit Mr. Jackson.

Elle hésita. Son père s'avança vers elle et la prit par les épaules.

— C'est moi qui commande ici et tu m'obéiras tant que tu vivras sous mon toit.
— Plus rien ne m'oblige à vivre dans cette maison. J'ai plus de seize ans, presque dix-sept même, et je peux partir si j'en ai envie. La police, elle-même, ne pourrait me ramener, si je ne le voulais pas.

Mrs. Jackson retint son souffle. Sadie se libéra de la prise de son père et monta dans sa chambre. Il voulut la suivre, mais sa femme le retint.

— Laisse-la, Jim, dit-elle d'une voix douce. Elle est têtue comme une mule et en insistant, tu risques de la braquer contre toi.

Tommy ferma la porte de la cuisine. Sa mère renifla et s'essuya les yeux du revers de la main.

— Cette gamine a besoin d'une bonne leçon, dit Mr. Jackson.

— Je ne crois pas qu'il y ait de quoi fouetter un chat, p'pa, dit Tommy. C'est par hasard qu'elle a rencontré Kevin.

— Peu importe, dit sa mère. Ce que je veux savoir, c'est ce qu'elle a l'intention de faire. J'espère qu'elle ne reverra plus ce garçon. Va lui parler, Tommy. Elle t'écoutera peut-être.

Tommy alla rejoindre Sadie qui était assise sur son lit. Il ferma la porte et prit place auprès d'elle.

— Ne fais pas de bêtise, Sadie.

— Qu'est-ce que tu essayes de me dire ?

— Il vaudrait mieux que tu ne revoies plus Kevin.

— C'est à moi d'en décider, tu ne penses pas ?

— Ecoute, tu sais que j'aime bien Kevin. C'est un chic type, mais si vous vous mettez à sortir ensemble, ça finira mal. Regarde où nous en sommes déjà après votre première rencontre.

Sadie se leva et alla jusqu'à la fenêtre. Elle l'ouvrit et se pencha au-dehors.

— J'en ai marre de cette rue et de ses habitants, dit-elle. Il faut que je prenne une décision. Nous avons tout de même passé des moments formidables à quatre, pas vrai, Tommy ?

— Mais nous avons aussi eu de plus en plus de problèmes pour nous voir. Nous devions nous rencontrer en cachette, comme des voleurs et nous avons finalement abandonné.

— Nous avons peut-être laissé tomber trop vite, dit-elle, d'un ton plus posé d'où avait disparu toute trace d'agressivité. C'est sans doute pour cela que les choses vont aussi mal aujourd'hui.

— Ce n'est pas en sortant avec Kevin que tu changeras quelque chose à la situation.

Lorsqu'il la quitta, elle regardait toujours par la fenêtre. Elle y resta longtemps, les coudes reposant sur l'appui et pensant aux yeux sombres et au rire communicatif de Kevin.

L'image de Kevin était toujours présente à son esprit lorsqu'elle s'endormit.

6
L'arme secrète

Kevin entrebâilla rapidement la porte de la cuisine, annonça qu'il était rentré et la referma avant que son père et sa mère aient pu lui demander où il avait été. Il monta à l'étage sans faire de bruit pour ne pas réveiller les petits.

— Tu rentres bien tard, dit Brede qui l'attendait en pyjama sur le palier.

— Je suis déjà rentré plus tard, murmura Kevin.

— Maman s'est fait du souci quand elle ne t'a pas vu arriver pour le thé.

Il soupira et souhaita que sa mère cessât de s'en faire à cause de lui. Après tout, il allait sur ses dix-huit ans et elle avait sept jeunes poussins sur qui veiller. Mais il savait aussi que toutes les mères de ce quartier de Belfast étaient préoccupées lorsque leurs fils rentraient tard.

— Tu veux savoir où j'ai été ?
— Où, Kevin ? demanda vivement Brede.

— Rassure-toi, je n'ai rien fait de dangereux. Tu ne t'imagines tout de même pas que j'ai été jouer au dur avec les provos, non ?

— Bien sûr que non, dit-elle, sur un ton quelque peu dubitatif. Serait-ce un secret ?

— Oui.

— Tu sais que tu peux me faire confiance.

— Je le sais, sinon je ne t'en parlerais pas.

— Laisse-moi deviner. Tu es sorti avec une fille ?

— Exact.

— Je ne dirai rien à Kate.

— Kate ! Nous ne sommes pas fiancés que je sache.

— Vas-y, raconte, dit Brede en pouffant. Je la connais ?

— Tu l'as connue il y a trois ans.

— Ne me dis pas qu'il s'agit de Sadie.

— Comment as-tu deviné ?

— J'ai pensé à elle tantôt pour une tout autre raison.

Ils se turent en entendant s'ouvrir la porte de la cuisine. Mr. McCoy alla verrouiller la porte d'entrée. Puis leurs parents gagnèrent leur chambre et firent leurs préparatifs pour la nuit. Le murmure de leurs voix s'éteignit au bout de quelques minutes et après un dernier craquement du lit, ce fut le silence.

Kevin baissa encore le ton et raconta à sa sœur comment il avait rencontré Sadie, ainsi que leur promenade jusqu'à Cave Hill.

— Est-ce que tu comptes la revoir ? demanda-t-elle.

— Oui, samedi. Nous allons à Bangor.

— Tu crois que c'est raisonnable ? dit-elle, en soupirant.

— Oh ! Brede, il y a une quantité de choses que les gens raisonnables ne peuvent faire aujourd'hui. — Il bâilla — Je vais me coucher.

Il s'endormit tout de suite. Brede disait souvent qu'il aurait pu dormir debout s'il avait voulu. Elle, par contre, avait beaucoup plus de difficultés à trouver le sommeil. Elle resta éveillée pendant un long moment, pensant à Sadie et Tommy. Elle aurait aimé revoir Tommy mais savait que c'était impossible. Elle prévoyait déjà assez d'ennuis sans encore en rajouter.

La famille McCoy se levait de bon matin. Mrs. McCoy était debout la première pour nourrir le bébé, suivie de son mari, qui travaillait sur un chantier de construction et de Kevin qui commençait aussi très tôt chez le père de Kate. Brede se levait en même temps que sa mère pour l'aider. Mrs. McCoy répétait qu'elle aurait l'impression de perdre sa main droite le jour où Brede la quitterait pour se marier.

— Voici vos déjeuners, dit Mrs. McCoy en poussant deux boîtes en plastique remplies de sandwiches devant les deux hommes de la famille.

Kevin mit sa boîte sous le bras et s'éloigna en sifflotant. Il faisait beau et les oiseaux chantaient. Il aimait marcher dans les rues quand elles étaient encore désertes.

Il vit Brian Rafferty sortir de chez lui en enfilant sa veste.

— Ne cours pas si vite, Kevin. Je t'accompagne.

— Brian, hurla Mrs. Rafferty, de l'intérieur de la

maison. Si tu vois ton bon à rien de père, dis-lui que ce n'est plus la peine de revenir ici.

Elle apparut sur le pas de la porte, vêtue d'un peignoir et la tête hérissée de bigoudis.

Kevin s'éloigna de quelques pas.

— Bonjour Kevin, dit-elle. Je te jure que ce n'est pas une vie d'avoir un mari pareil. Mais moi vivante, il ne remettra plus les pieds dans cette maison.

— Pour l'amour du ciel, m'man, calme-toi, dit Brian. Tu sais fort bien que tu le laisseras rentrer quand il reviendra.

Il rejoignit Kevin.

— Il se pointera dès qu'il aura trouvé le courage de l'affronter, ajouta-t-il, en pouffant.

Il fut un temps où Kevin avait admiré la stature et la force de Pat Rafferty, l'homme qui ne craignait personne, sauf sa femme. A présent, l'ivrogne qu'il était devenu l'ennuyait tout autant que Brian et cela le tracassait un peu, car ils avaient toujours été d'excellents amis.

Ils empruntèrent le chemin qui conduisait au dépôt de ferraille.

— Je t'accompagne, dit Brian. J'ai tout mon temps.
— Qu'est-ce que tu mijotes ? demanda Kevin.
— Tu es un bon patriote, n'est-ce pas, Kevin ?
— Il me semble, oui.
— Tu as foi en notre cause ?
— Bien sûr. Tu sais que j'ai toujours été républicain.

Ils étaient arrivés à la grille du dépôt. Le père de Kate était déjà au travail. Kevin le salua de la main.

60

— Nous devons nous préparer à combattre, Kevin, poursuivit Brian en baissant la voix.

Ne recevant pas de réponse de Kevin, il ajouta :
— Es-tu prêt à te battre ?
— Je ne vois pas ce que cela changerait à la situation.
— Tu ne penses sûrement pas ce que tu dis ?

Kevin haussa les épaules.
— Kevin, appela le père de Kate. Viens me donner un coup de main.
— J'arrive, Mr. Kelly.
— Nous nous reverrons plus tard, dit Brian d'un ton pressant. C'est très important.
— Kevin, appela une nouvelle fois Mr. Kelly. Je vais laisser tomber cette pièce sur mon pied si tu ne viens pas tout de suite.
— Il faut que j'y aille, dit Kevin, en se mettant à courir.
— A tout à l'heure, cria Brian.

Kevin aida Mr. Kelly à déplacer un châssis de voiture tout tordu.

Mr. Kelly s'épongea le front. C'était un petit homme bien charpenté qui avait acquis une force étonnante dans les bras en soulevant des tonnes de ferraille. Kevin, pour sa part, ne raffolait pas de ce métier, mais il hésitait toujours à remettre son préavis, car le travail était rare et sa paye était la bienvenue à la maison.

— J'ai cru que tu ne te débarrasserais jamais de ce Brian Rafferty. Je n'aime pas ce garçon, Kevin, et si j'étais toi, je me méfierais de lui.

— Bah ! Brian n'est pas un mauvais garçon. Il s'emballe parfois un peu vite, mais c'est tout.

— Tout le portrait de son père, hein ?

Ils éclatèrent de rire.

Ils montèrent dans le vieux camion et partirent faire leur tournée, qui devait durer jusqu'au soir, car le père Kelly aimait prendre son temps pour travailler.

Au retour, le père de Kate estima qu'ils en avaient assez fait pour la journée.

— Je vais te déposer au coin de la rue, dit-il. Nous déchargerons demain matin.

Lorsqu'il entra dans la cuisine, Kevin aperçut Brian assis dans un coin.

— Tu rentres bien tard, dit Mrs. McCoy.

— Tu l'as déjà vu rentrer tôt ? demanda son mari.

— Il y a une demi-heure que je t'attends, dit Brian.

— Oh ! n'en jetez plus, s'écria Kevin, en s'asseyant à table. Je n'ai pas cessé de travailler, figurez-vous.

— Connaissant mon Dan Kelly, je dirais plutôt que vous vous êtes gentiment promenés dans les rues, dit Mr. McCoy. A propos, tu ferais bien de lui demander une augmentation.

— Tu sais aussi bien que moi qu'il n'en est pas question pour le moment.

— N'avait-il pas dit qu'il allait faire des affaires d'or quand il t'a engagé ? insista Mr. McCoy.

— Eh bien, disons que les affaires sont calmes en ce moment.

Kevin se mit à manger. Il regrettait d'être revenu chez lui plutôt que d'être allé faire un tour en ville, du côté de l'hôtel de ville, comme la veille. Dès qu'il eut terminé, Brian dit :

— On y va, Kevin ?
— Peut-on savoir où vous allez ? demanda Mrs. McCoy.
— Nulle part en particulier, répondit Brian.

Kevin suivit Rafferty à la rue.

— Mais où allons-nous finalement ? demanda-t-il à son tour.
— Chez moi. J'ai quelque chose à te montrer.

La mère de Brian était sortie et le père soignait une solide migraine devant le poste de télévision.

— Suis-moi en haut, murmura Brian.

Ils se rendirent dans la chambre de Brian qui referma soigneusement la porte derrière eux.

— Tu ne devineras jamais ce que j'ai caché sous le lit.
— Un bâton de dynamite, répliqua Kevin d'un ton sarcastique.
— Tu brûles.
— Quoi ? s'écria Kevin. Qu'est-ce que c'est, Brian ?

Brian s'agenouilla et retira une boîte de dessous le lit. Kevin s'accroupit à côté de lui. Brian ôta le couvercle et retira quelques vieux papiers masquant un pistolet et plusieurs chargeurs.

— Mince, dit Kevin.
— Alors, qu'est-ce que tu dis de ça ? murmura Brian avec fierté. Plutôt surpris, hein ?
— Tu es complètement dingue.
— Très drôle.

Saisi d'une rage subite, Brian empoigna Kevin qui

le repoussa et l'envoya rouler contre une commode. Le jeune Rafferty était plus lourd que Kevin, mais celui-ci était plus vigoureux. Brian se releva brusquement et s'apprêta à bondir de nouveau sur Kevin.

— Suffit, Brian, dit Kevin. Nous battre ne servirait à rien.

Brian se calma aussi rapidement qu'il avait pris feu et s'assit sur le lit.

— Comment espères-tu cacher ce pistolet alors que nous sommes constamment à la merci d'une perquisition ? reprit Kevin.

— Je trouverai un meilleur endroit. Je n'ai pas l'intention de le garder ici.

— Et où espères-tu le planquer ?

— J'avais pensé au dépôt du père Kelly.

— Hors de question. Kelly risquerait d'attraper une attaque.

— Il doit y avoir des dizaines d'endroits où le vieux ne penserait même pas à aller regarder. Je suis sûr que tu pourrais trouver une bonne place, Kevin.

— Non, répondit sèchement Kevin.

— Alors, tu refuses de m'aider ?

— Je ne veux rien avoir à faire avec des armes. C'est de la folie.

— Tu ne parlais pas comme ça autrefois. Il n'y en avait que pour les rebelles, le combat et l'action.

— J'étais encore un gamin.

— La belle excuse.

— Je t'interdis de me parler sur ce ton, Brian. J'estime qu'il y a assez de gens qui se font tuer sans que j'y mette aussi mon grain de sel.

— Lâche !

— Retire ce que tu viens de dire, dit Kevin, en saisissant Brian par la chemise.

— Pourquoi le ferais-je ?

— Tu as déjà oublié que Brede a failli être tuée.

— Mais elle ne l'a pas été, non ?

Kevin repoussa Brian. Ils s'étaient souvent battus étant gosses, mais Kevin savait qu'aujourd'hui ce serait beaucoup plus grave.

— Où as-tu trouvé cette arme, Brian ?

— Tu ne t'imagines tout de même pas que je vais te le dire ? dit Brian, en venant se placer à côté de Kevin. Ecoute, pourquoi ne te joins-tu pas à nous ? Si tu veux toujours une Irlande unifiée, il n'y a pas d'autre moyen d'y arriver et tu le sais.

— Je n'ai pas peur de me battre quand c'est nécessaire, mais je suis contre les effusions de sang.

— Mais ce sont nos ennemis qui mourront, cria Brian.

— Je ne te crois pas idiot au point de penser une chose pareille. Si les balles se mettent à siffler, ta mère ou la mienne peuvent aussi en ramasser une.

Il se dirigea vers la porte.

— Alors, tu te dégonfles, dit lentement Brian. Traître.

— Si cela peut te faire plaisir. N'oublie pas qu'il y a des tas de catholiques qui ne sont pas de votre bord.

— Tu sais ce qui va t'arriver si tu ne te montres pas raisonnable ? dit Brian, en prenant le bras de Kevin.

— Tu perds ton temps, tu ne me fais pas peur, répliqua Kevin en se dégageant. Quant à toi, fais attention avec ce pistolet. Tu es assez bête pour te faire sauter la cervelle sans t'en rendre compte.

Il ouvrit la porte et descendit rapidement l'escalier. Arrivé en bas, il se retourna et vit Brian qui pointait l'arme vers lui.

— Tu as la trouille ? demanda Brian, en riant doucement.

Kevin lui tourna le dos sans dire un mot et sortit.

7
La partie de campagne

Sadie et Kevin firent le chemin de Bangor sur l'impériale du bus. Ils s'étaient assis à l'avant et jouissaient du beau paysage qui défilait sous leurs yeux.

Bangor ne connaissait pas encore la grande agitation des mois d'été et seuls les habitants de la petite station balnéaire allaient et venaient, faisant leurs emplettes pour le week-end.

Sadie et Kevin marchèrent le long de la digue, en respirant à pleins poumons l'air salin. Le vent ébouriffait leurs cheveux et rosissait leurs joues.

— C'est bon d'être hors de la ville, dit Sadie, en faisant un petit bond.

Ils firent le tour de la baie jusqu'à Pickie Pool, le coin réservé aux baigneurs. Ils avaient emporté leurs maillots de bain.

— J'ai l'impression que l'eau est glacée, dit Kevin. Je n'ai pas fort envie de plonger là-dedans.

— Oh ! viens, Kevin. Une fois que tu y seras, elle te paraîtra bonne.

— Parle pour toi, dit Kevin, d'un ton dubitatif. Les femmes sentent moins le froid parce qu'elles ont plus de graisse que nous.

Il alla néanmoins se changer et la rejoignit quelques minutes plus tard.

— Le premier bain de l'année, dit Sadie, lorsqu'ils furent près de l'eau.

— Nous sommes fous d'aller nager en mai. Après tout, nous ne sommes pas sur la Riviera.

— Il y a longtemps que nous savons que nous sommes dingues, dit Sadie en riant.

Elle se détendit brusquement et plongea dans l'eau verte. Elle refit surface en haletant.

— On dirait que tu viens de sauter dans l'océan Arctique, cria Kevin, qui hésitait toujours sur le bord.

— Lâche, hurla Sadie en claquant des dents.

Il n'en fallut pas plus pour le décider. Elle s'éloigna de l'endroit où il venait de plonger et il la poursuivit d'un crawl souple et puissant. Il parvint à la rattraper et la prit par les épaules.

— Qu'est-ce que tu disais au juste ?

— Que tu étais l'homme le plus brave de ce côté-ci du Boyne.

— Du Boyne ? Je n'aime pas beaucoup ce fleuve.

C'est en effet sur le Boyne que Guillaume III avait battu les catholiques de Jacques II en 1690.

— Si nous disions plutôt de ce côté-ci du Shannon, proposa Kevin.

Sadie ne répondit pas, ses lèvres étaient bleues. Ils nagèrent vers le bord.

— Sortons vite, dit Kevin.

Ils se rhabillèrent et filèrent dans un restaurant pour boire un chocolat chaud.

— J'ai bien cru que le choc allait me paralyser, dit Kevin.

— Je voulais voir si tu étais capable de relever un défi.

— Est-ce que je serais ici, si ce n'était pas le cas ? répondit-il en souriant. J'en connais, dans ma rue, qui tomberaient raides morts, s'ils nous voyaient en ce moment.

— Oublions ta rue, dit Sadie. Et la mienne par la même occasion.

— Bonne idée.

Ils firent une promenade le long de la digue sans rencontrer âme qui vive. C'était comme si tout le bord de mer leur appartenait.

A midi, elle ouvrit son sac et sortit le pique-nique qu'elle avait préparé après que sa mère eut été se coucher. Il y avait des sandwiches au jambon et au fromage, des saucisses froides, des chips, des cakes et une bouteille de coca-cola.

— C'est marrant de te voir en ménagère attentionnée, dit Kevin avec admiration.

— Je n'en suis pas une, mais j'ai horreur d'avoir faim.

Le bain leur avait ouvert l'appétit et ils mangèrent tout ce que Sadie avait apporté.

— Nous aurions dû garder les cakes pour le thé, dit Sadie.

— Bah, nous irons manger quelque chose dans un café. J'ai les moyens.

— Ah ! monsieur est riche.

— J'ai été payé hier. Lundi, je serai presque fauché ! C'est la vie.

Il en allait de même pour elle et ils ne cessaient de se trouver des points communs.

Ils se rendirent au luna-park et jouèrent au billard électrique. Kevin voulut aller au tir où il se révéla un champion à la carabine en gagnant un premier prix.

Il revit Brian qui le visait avec le pistolet du haut de l'escalier et fronça les sourcils.

— Quelque chose qui ne va pas ? demanda-t-elle.

— Non, rien. Partons.

Il se dirigea vers la sortie suivi par Sadie intriguée. Une fois dehors, il retrouva son sourire et elle oublia l'ombre qui était passée sur son visage. Elle vivait trop intensément le moment présent pour se soucier du passé, même s'il était récent.

Ils visitèrent le port et hésitèrent longtemps avant de choisir le bateau sur lequel ils feraient le tour du monde.

Infatigable, il l'entraîna plus loin. La journée semblait ne jamais devoir se terminer, tant ils avaient de choses à faire et de bonheur à les faire ensemble.

Après avoir pris une légère collation à l'heure du thé, ils firent le tour de la baie jusqu'à Ballyholme où ils descendirent sur le sable. Ils trouvèrent un endroit abrité pour s'asseoir et Sadie ôta ses sandales.

— Je suis heureuse, dit-elle.

— Moi aussi, répondit Kevin, qui s'était allongé sur le dos, les mains nouées derrière la nuque.

— C'est drôle que nous nous entendions aussi bien, reprit-elle.

— Drôle ?

— Enfin, tu vois ce que je veux dire. Tant de choses nous séparent.

— Une seule, à mon avis et elle ne semble pas avoir une grande importance en ce qui nous concerne.

— Non. Sûrement pas quand nous sommes ensemble.

— Est-ce que cela te tracasse lorsque tu n'es pas avec moi ?

— Je n'en sais rien. Peut-être un peu. J'ai difficile à t'imaginer allant te confesser, par exemple.

— Cela fait partie de ma religion.

— C'est ce qui me déplaît, Kevin. Confesserais-tu que tu sors avec une protestante ?

— Rien ne l'interdit, dit-il, en s'asseyant. Ce n'est pas un péché mortel.

— J'ai horreur du mot péché.

Il haussa les épaules.

Elle se leva et plongea son regard dans le sien.

— Ne ressens-tu pas l'emprise que les prêtres ont sur vous ?

— Oh ! ils n'ont tout de même pas le pouvoir que tu veux bien leur prêter.

— Tu sais bien que si.

— Tu n'y connais rien, dit-il, d'une voix plus dure.

« Laisse tomber », disait une voix au fond d'elle-même, mais la tête de mule qu'elle était ne voulait rien entendre.

— Autre chose : je ne comprendrai jamais comment vous pouvez vous agenouiller et prier devant des statues.

— Tu peux parler, toi qui adore un vieux Hollandais mort il y a trois cents ans.

— Nous ne l'adorons pas.

— Pour l'amour du ciel, s'écria-t-il, en se levant à son tour. Le roi Guillaume sur son cheval blanc. Vive le roi Guillaume ! A bas les calotins... ! c'est du vent sans doute ?

— Si vous étiez plus nombreux que nous, c'est vous qui nous maintiendriez sous votre coupe, cria Sadie les yeux flamboyants.

— C'est donc ça. Vous avez la trouille, dit-il, avec un rire méprisant, et elle se mit à le haïr.

Il tourna les talons et s'éloigna sans qu'elle fît quoi que ce soit pour le retenir. Elle le suivit du regard jusqu'à ce qu'il disparaisse de l'autre côté de la digue. Le ciel était chargé de gros nuages gris. Une goutte de pluie s'écrasa sur sa joue. Elle se laissa tomber sur le sable et fixa la mer devenue grise. Leur belle journée était gâchée.

Une autre goutte de pluie. Bah ! qu'il pleuve. Elle se fichait pas mal d'être trempée, d'attraper une pneumonie et d'en mourir. C'est alors qu'il la regretterait. Au fond, il ne valait pas mieux que les autres.

La pluie tombait de plus en plus drue. Des mains la saisirent par les épaules et la relevèrent.

— Espèce de petite sotte, cria-t-il, en l'entraînant vers un abri où ils restèrent haletants pendant un moment, sans rien dire. Les longs cheveux de Sadie dégoulinaient de pluie.

— **Prends** ta serviette de bain et essuie-toi, dit-il.

Elle retira son anorak qu'il secoua vigoureusement. Il avait encore l'air fâché. Son regard était noir et pas l'ombre d'un sourire n'éclairait son visage. « Il doit me haïr », pensa-t-elle.

— Tu voulais attraper la mort ou quoi ? demanda-t-il.

Elle secoua la tête, avala péniblement sa salive et dit :

— Je m'excuse.

— N'y pense plus, dit-il, en se radoucissant. Je regrette aussi.

— Non, non, c'est de ma faute. Je ne sais pas tenir ma langue. Ma mère me le répète souvent.

— Nous nous sommes conduits comme des enfants, dit-il, en riant et en lui passant la main dans les cheveux.

— Je suis heureuse que tu sois revenu.

— Tu n'as tout de même pas cru que j'allais t'abandonner ?

Il l'aida à enfiler son anorak et la retint par les épaules.

— Tu ressembles à un chat mouillé, dit-il, et il l'embrassa.

Elle se pressa contre lui, noua ses mains autour de son cou et posa sa joue contre sa poitrine. Ils restèrent enlacés dans leur abri jusqu'à ce que la pluie eut cessé. Il fallut alors partir pour ne pas rater le dernier bus. Ils marchèrent dans les rues mouillées en se tenant par la taille sans se soucier du monde extérieur.

Lorsqu'ils arrivèrent à l'arrêt de l'autobus, ils le virent s'éloigner. Kevin se mit à courir en criant, mais le véhicule continua de prendre de la vitesse, les abandonnant à leur triste sort.

— C'était le dernier, dit un conducteur qui avait fini son service.

— Sadie, dit Kevin, d'un ton moqueur, c'était le dernier bus.

— Je m'en fiche, répondit-elle rêveuse. Nous pourrions retourner sur le sable.

— Pour être emportés par la marée, merci bien. Nous devons faire du stop.

Ils marchèrent jusqu'à la grand-route et Kevin se mit à jouer du pouce dans l'espoir d'arrêter une voiture. Aucune ne s'arrêta. Ils décidèrent de marcher pour ne pas prendre froid.

— Attends, en voilà encore une, dit soudain Kevin. Elle a l'air d'aller moins vite que les autres.

La voiture semblait progresser par bonds et compensait son manque de vitesse par un vacarme incroyable. Kevin leva le pouce et la guimbarde stoppa.

— Hourra, cria Sadie.

Kevin la conduisit jusqu'au véhicule et ouvrit la portière. Il passa la tête à l'intérieur pour parler au conducteur.

— Seigneur, dit-il. C'est oncle Albert.

8
Oncle Albert : le sauveur

— Mais c'est Kevin, s'écria oncle Albert.
— En personne.
— Qu'est-ce que tu fais ici à cette heure ?
— Du stop pour rentrer.
Le moteur hoqueta et s'arrêta.
— Quelle poisse, dit oncle Albert. C'est toujours toute une histoire pour le remettre en marche.
— J'en sais quelque chose, répliqua Kevin. Oncle Albert, je ne suis pas seul. Je te présente Sadie. Sadie, voici le frère de mon père.
— Enchanté, Sadie, dit oncle Albert en serrant la main de la jeune fille.
— Très heureuse de vous connaître, Mr. McCoy.
— Alors, qu'est-ce que vous attendez pour monter ?
— Nous allons nous asseoir derrière, dit Kevin.
— Pour mieux vous cajoler, hein ? enchaîna oncle Albert, en pouffant.

Ils prirent place sur la banquette arrière et s'enfoncèrent profondément, car il y avait belle lurette qu'elle était dépourvue de ressorts.

— Attache la poignée, Kevin, sans quoi je risque de vous perdre au premier tournant.

Kevin se servit d'un morceau de fil de fer pour assurer la poignée, s'adossa de nouveau au siège et passa son bras autour des épaules de Sadie.

— Parfait. En route.

Oncle Albert actionna le démarreur, sans résultat. Il jura et fit un nouvel essai.

— Je crois qu'il faudra pousser, dit-il.

Kevin libéra la poignée, passa derrière la voiture et se mit à pousser. Elle prit lentement de la vitesse et le moteur se mit brusquement à pétarader.

Oncle Albert réduisit l'allure au maximum pour permettre à Kevin de sauter à bord.

— Voilà, plus rien à craindre maintenant. Une fois que ça tourne et qu'on roule, elle ne risque plus de s'arrêter.

Ils avancèrent cahotant, en se faisant dépasser par tout ce qui bougeait sur la route.

— Elle ne tire plus très fort, mais elle me ramène toujours à bon port.

— Tu as été à Bangor, oncle Albert ? demanda Kevin.

— J'ai été voir un homme au sujet d'un lévrier. Une belle bête. J'ai failli l'acheter, mais j'ai renoncé en pensant à la scène que m'aurait faite ma bonne femme.

Kevin éclata de rire en imaginant la colère de sa tante si son mari avait ramené un chien à la maison.

— Je ne crois pas avoir déjà eu le plaisir de te rencontrer, Sadie, dit oncle Albert, très mondain, en se retournant à demi vers la jeune fille.

La voiture fit une légère embardée.

— Pour l'amour du ciel, regarde devant toi, s'écria Kevin en se redressant. Nous étions presque dans le fossé.

— Tu nous l'avais cachée, hein ? mon garçon. Je ne peux pas te donner tort. Où habites-tu ? Sadie.

— Pas loin de chez Kevin, répondit Sadie, en souriant dans l'obscurité.

— C'est drôle. Je ne t'ai jamais vue, sans quoi je n'aurais pas manqué de te remarquer. Tu sais les choisir, hein ! Kevin.

— Ne l'écoute pas, Sadie, dit Kevin. C'est le roi du baratin.

Ils continuèrent à plaisanter et Sadie remercia le ciel pour l'autobus manqué. Elle pensa à Tommy et à la vie monotone qu'il avait avec Linda. Kevin se mit soudain à renifler.

— On dirait que ça sent le caoutchouc brûlé, dit-il.

— Caoutchouc brûlé ? répéta oncle Albert. Tu rêves. Cette vieille cage dégage bien une certaine odeur, mais quoi de plus normal à son âge ?

— Tu as de la chance que nous n'ayons pas de contrôle technique comme en Angleterre. Tu pourrais dire adieu à ta licence.

— Un contrôle ? Et quoi encore. Je n'ai jamais passé un examen de ma vie. Je me suis toujours arrangé pour les brosser. Ce n'est pas comme ton père. Il était studieux, lui.

« Cela ne l'a pas mené très loin », songea Kevin, « mais il avait dû quitter l'école pour aider sa famille et cela n'était pas sa faute ».

Ils arrivèrent à un croisement et ils durent s'arrêter. Dès que la voiture s'immobilisa, le moteur en fit autant. Oncle Albert secoua la tête, Kevin libéra de nouveau la poignée et ressortit de la voiture.

— Ne crains rien, Sadie, nous serons bientôt repartis, dit oncle Albert, d'un ton rassurant.

Mais Kevin rouvrit précipitamment la portière et dit:

— Il y a de la fumée qui sort du capot.

Oncle Albert et Sadie sortirent à leur tour. Kevin souleva le capot et un nuage de fumée s'éleva dans l'air.

— Mince alors, fit oncle Albert, en se grattant l'occiput. Qu'est-ce qui se passe encore ?

— Quand as-tu mis de l'eau dans le réservoir ?

— Hier.

— On dirait que ton thermostat est fichu.

Oncle Albert mit les mains aux hanches et secoua la tête. Il ne faisait évidemment partie d'aucune organisation susceptible de le dépanner et n'avait pas assez d'argent pour faire appel à un garagiste. Un de ses amis viendrait le lendemain de Belfast pour tenter d'arranger ce qu'il y avait encore moyen d'arranger. Ils poussèrent la voiture jusqu'au petit sentier en bordure du carrefour.

— Elle ne risque pas de sauter au moins ? demanda Sadie.

— Non, non, pas de danger, répondit Kevin.

Il prit un chiffon, l'enroula autour de sa main et dévissa le bouchon du radiateur pour laisser s'échapper le reste de la vapeur.

— J'espère qu'on ne va pas venir me siphonner mon essence, dit oncle Albert.

— Je crois que tu ne dois pas t'en faire à ce sujet, répliqua Kevin.

— Ou me voler mes pneus...

Kevin s'abstint de lui faire remarquer que les pneus étaient à ce point usés qu'ils ne risquaient pas d'attirer l'attention de voleurs éventuels.

— Eh bien, il ne nous reste plus qu'à marcher, dit Kevin.

Sadie se plaça entre les deux hommes et leur donna le bras. Oncle Albert fit remarquer que ce n'était pas la première fois qu'il rentrait à pied et Kevin ajouta que ce ne serait sûrement pas la dernière.

Après avoir parcouru environ trois kilomètres, ils aperçurent les lumières d'un camion à l'arrêt.

— On dirait un contrôle de l'armée, dit Kevin.

Deux soldats, l'arme sous le bras, se tenaient en effet en faction devant le camion.

— Où allez-vous ? demanda un des militaires.

— A Belfast, dit oncle Albert. Ma voiture est tombée en panne un peu plus loin.

Il se lança dans une description détaillée de sa vieille guimbarde et il fallut que le soldat l'interrompît.

— Et d'où venez-vous ?

— De Bangor. J'ai été voir un homme au sujet d'un lévrier...

— C'est bon, vous pouvez passer.

— Il s'est passé quelque chose, mon gars ?

— Une voiture de patrouille a sauté sur une mine, dit sèchement le soldat.

— Pas de blessés, j'espère ?

— Le chauffeur a été tué.

Sadie, Kevin et oncle Albert reprirent leur route en silence.

— Ils devaient s'attendre à des ennuis de ce genre en venant ici, dit oncle Albert au bout d'un moment.

— Mais..., commença Sadie, aussitôt rappelée à l'ordre par un coup de coude de Kevin dans les côtes.

— C'est triste pour ces garçons, poursuivit oncle Albert. Certains d'entre eux sont encore des gamins. Ah ! pourquoi ne pouvons-nous pas retrouver la paix ?

Ils continuèrent de marcher en silence jusque dans les faubourgs de Belfast, puis les rues succédèrent aux rues jusqu'au moment où l'horloge d'une église sonna trois coups.

— Nous pouvons nous attendre à une chaude réception en arrivant chez nous, dit oncle Albert. Je crois que nous ferions bien d'aller d'abord reconduire Sadie.

— Non, non, dit vivement Kevin. Je me charge de la raccompagner.

— Tu as raison. On n'est jeune qu'une fois, pas vrai ? Kevin. Je vais vous quitter ici. Bonsoir Sadie. J'ai été très heureux de te connaître.

— Moi aussi, Mr. McCoy.

— J'espère que lors d'une prochaine promenade, ma vieille guimbarde ne tombera plus en panne.

Oncle Albert prit congé d'eux et ils attendirent qu'il fût hors de vue avant de reprendre leur route.

— Il me plaît ton oncle Albert, dit Sadie.

— C'est un chouette type, mais quel horrible mari il doit faire !

Ils obliquèrent vers le quartier de Sadie qui retint brusquement son souffle.

— Kevin, il y a trois hommes qui viennent dans notre direction. Je crois que tu ferais mieux de filer.

Kevin les vit aussi. Ils étaient encore à bonne distance.

— Et te laisser seule ?

— Je ne risque rien.

— Pas question, dit-il, en resserrant l'étreinte sur le bras de la jeune fille. On dirait des chasseurs de primes, ajouta-t-il, sur un ton plaisant.

Les trois hommes marchaient au pas cadencé comme s'ils effectuaient une patrouille. Plus ils se rapprochaient, plus Sadie avait l'impression de reconnaître leurs silhouettes.

— Ce sont eux, murmura-t-elle. J'aurais dû m'en douter. Je t'en prie, pars vite, Kevin.

Mais il resta près d'elle et ils se retrouvèrent face à face avec les hommes au milieu de la rue. Mr. Jackson, Mr. Mullet et Tommy s'avancèrent alors lentement, comme pour barrer la route à Sadie et Kevin.

9
L'affrontement

— Sadie, viens ici, dit Mr. Jackson, en s'écartant de Tommy comme pour montrer à sa fille où était sa place.

Sadie ne bougea pas.

— Nous sommes désolés de rentrer aussi tard, dit Kevin. Nous avons été à Bangor et nous avons raté le dernier bus...

— Nous avons fait du stop, enchaîna Sadie, et c'est l'oncle de Kevin qui nous a pris, mais sa voiture est tombée en panne.

— Je t'avais bien dit qu'il n'y avait pas lieu de s'inquiéter, p'pa, dit Tommy, d'un ton embarrassé.

— Il y a des heures que nous te cherchons, reprit le père.

— Toute la rue est en effervescence, renchérit Mr. Mullet. Linda grimpe aux murs.

— Eh bien, elle peut en redescendre maintenant, dit Sadie.

— Petite effrontée, murmura Mr. Mullet.

Il commençait à penser que sa femme n'avait pas tort lorsqu'elle prétendait que Sadie avait une mauvaise influence sur Linda et qu'elle finirait mal. C'était uniquement par amitié pour Jim Jackson qu'il avait accepté de courir les rues toute la soirée, alors qu'il aurait été si bien dans son lit. Ils s'étaient même rendus à la limite du quartier catholique mais sans oser s'y aventurer. Ils avaient aperçu des flammes et des voitures de pompiers. Il avait dû se passer quelque chose de grave et ils avaient préféré rebrousser chemin.

— Sadie, je t'ai dit de venir ici, répéta Mr. Jackson. J'en ai par-dessus la tête de tes stupidités. Nous nous sommes tous fait un sang d'encre à ton sujet et ta mère a dû prendre des calmants.

— Ça ne la change pas beaucoup, elle en prend toujours.

Mr. Jackson s'élança pour saisir sa fille, mais elle fit un bond de côté. Tommy commença à s'agiter. Il savait que plus son père se montrerait autoritaire, moins vite Sadie se soumettrait. Son père ne POUVAIT pas l'ignorer et, en agissant comme il le faisait, il poussait Sadie encore un peu plus dans les bras de Kevin.

— Très bien, dit Sadie, je rentre à la maison, mais je ne veux pas être escortée, comme si on me conduisait en prison.

— La prison serait encore trop bonne pour toi, dit Mr. Mullet.

Mr. Jackson se tourna vers Mullet en lui lançant un regard de reproche. Même un ami n'avait pas à faire des remarques pareilles à sa fille. Il en avait d'ailleurs autant au service de Mullet, à propos de Linda.

— Vous savez, Jim, dit Mr. Mullet, embarrassé, il arrive un moment où un homme doit dire ce qu'il a sur le cœur. Voilà des heures que nous cherchons cette gamine en nous demandant ce qui lui est arrivé.

— Vous vous étiez sans doute imaginés que j'étais prisonnière des calotins et qu'ils me faisaient subir les derniers outrages, dit Sadie en pouffant.

— Doucement, doucement, murmura Kevin en lui pinçant le bras.

— Rentrons nous coucher, dit Tommy. Nous avons retrouvé Sadie et c'est le principal.

— Ce n'est certainement pas le principal, intervint Mr. Jackson.

— Vous avez raison, Jim, approuva Mr. Mullet en secouant la tête. Si ma Linda avait...

— Je rentre, le coupa Tommy, d'une voix ferme. Tu viens ? Sadie.

— Oui.

— Bonne idée. Rentrez, dit leur père. Mr. Mullet et moi avons deux mots à dire à ce type.

— Voyons, p'pa, tu ne vas tout de même pas te battre, s'écria Tommy en se plaçant devant son père.

— Si tu tiens tant à rentrer, c'est ton droit, reprit Mr. Jackson. Mais si tu te fiches de savoir qui ta sœur fréquente à n'importe quelle heure du jour ou de la nuit, moi pas.

Mr. Jackson écarta son fils et fit un pas en avant, imité par Mr. Mullet. Ce dernier était l'image parfaite du frère de Loge qui n'allait pas abandonner un membre de la confrérie aux prises avec un de ces voyous de catholiques. Il se demanda même si Tommy était le garçon rêvé pour Linda.

— Et pourquoi vous battriez-vous avec Kevin ? demanda Sadie, en éclatant de rire. Il ne m'a pas obligée à l'accompagner. Si je l'ai fait, c'est parce que j'ai bien voulu. Il ne fait pas encore la traite des blanches.

— Ces papistes sont capables de tout, dit Mr. Mullet.

— Oh ! cela suffit, laissez tomber, dit Sadie, sans quoi Kevin est capable de faire du hachis avec vous.

— Je ne tiens pas à me battre, Mr. Jackson.

— Et lâche avec ça, s'écria Mr. Mullet. Cela ne m'étonne pas. Un calotin qui essaye d'enlever une honnête protestante à ses parents ne peut être qu'un dégonflé.

Ce fut au tour de Kevin de voir rouge. Sadie tenta de le retenir, mais en un éclair, il avait saisi Mullet par les revers de son veston. Il le dépassait d'une dizaine de centimètres.

— Si vous n'étiez pas un vieillard, je vous casserais la gueule pour ça, cria Kevin. Mais je ne m'attaque pas à de vieux gâteux dans votre genre, parce que j'aime me battre à chances égales.

Il relâcha son étreinte.

— Vieillard ? Mais je viens tout juste d'avoir quarante-cinq ans.

— Bon Dieu, rentrons, dit Tommy, en levant les yeux au ciel. Maman finira par vider son tube de calmants, si elle ne nous voit pas arriver bientôt.

— Je ne partirai pas d'ici avant d'avoir réglé son compte à ce voyou, dit Mr. Jackson. Quand j'en aurai fini avec lui, il n'aura plus envie de courtiser ma fille. Pas vrai ? Bill.

Mr. Mullet s'avança sans grand enthousiasme. Il commençait à penser que Tommy avait raison et qu'il valait mieux rentrer. Mr. Jackson avança lentement vers Kevin. Sadie bondit et s'interposa.

— Si tu veux te battre avec lui, il faudra d'abord t'en prendre à moi.

— Sadie, je suis assez grand pour me défendre seul, dit Kevin, en essayant vainement de l'écarter.

Si cela continue, pensa Tommy, nous allons avoir une bagarre générale. Il jeta un coup d'œil derrière lui. Deux hommes approchaient. Il fallait absolument en finir avant qu'ils rejoignent le groupe, sans quoi on risquait l'effusion de sang et ce sang serait celui de Kevin.

— Kevin, dit-il, je crois que tu ferais mieux de partir maintenant. Je ne tiens pas à ce que tu te battes avec mon père.

— Moi non plus.

— Je vais ramener Sadie sans plus attendre.

Tommy fit un imperceptible signe de tête vers l'autre extrémité de la rue. Sadie et Kevin comprirent le message, mais ni Mr. Jackson, ni Mr. Mullet n'avaient remarqué que des renforts approchaient.

— Tu as raison, Tommy, dit Sadie. Il est temps d'en finir. Bonsoir Kevin.

Kevin hésita un moment.

— Bonsoir Kevin, répéta Sadie en regardant dans la direction des nouveaux arrivants.

Kevin souhaita le bonsoir à Sadie et à Tommy et s'éloigna rapidement dans la direction opposée. Tommy retint son père. Personne ne dut retenir Mr. Mullet, qui tournait déjà les talons.

Kevin regagna son quartier en se faufilant dans les rues. En fait, il aurait préféré rester et se battre, mais il savait aussi que cela eût été stupide. D'ailleurs Tommy n'avait aucune raison de se battre avec lui.

Il regarda le ciel et vit une lueur orangée. Un incendie. Deux policiers l'interpellèrent et lui demandèrent où il allait. Il leur répondit qu'il rentrait chez lui.

— Que s'est-il passé ? demanda-t-il.
— Le pub de Doyle a été incendié.

Kevin reprit sa route en longeant les façades des maisons. Il vit soudain des soldats qui tentaient de disperser quelques émeutiers. Il les évita en faisant de nombreux détours et plus il se rapprochait de son quartier, plus forte était l'odeur de la fumée.

Le crépitement d'une arme à répétition le projeta au sol. Son cœur se mit à battre la chamade, tandis qu'il s'aplatissait sur les pavés en se protégeant la tête des deux bras. Il savait qu'il n'était pas la cible du tireur, mais il réagissait d'instinct. Une voiture s'arrêta à sa hauteur. Kevin se souleva sur un coude et vit la victime de l'attentat étendue de l'autre côté de la rue. C'était un civil. Il était mort. Deux policiers s'approchèrent de Kevin et lui demandèrent s'il avait vu quelque chose. Il ne put leur répondre que par la négative, ajoutant qu'il avait seulement entendu le bruit de la fusillade.

— Bon, dit un des policiers. Rentre vite chez toi, mon garçon.

Il reprit la route sans se faire prier et se mit à courir dès qu'il eut tourné le coin de sa rue.

— Hé ! Kevin.

C'était la voix de Brian Rafferty.

— On peut dire qu'ils en ont pour leur argent ce soir, reprit Brian en grimaçant un sourire.

Kevin se remit à marcher avec Rafferty à ses côtés.

— Où as-tu été toute la journée ?

— A Bangor.

— Tu as raté quelque chose, mon vieux. Les protestants ont mis le feu au pub de Doyle. Bande de salauds, ils le payeront. Ils nous brûleraient jusqu'au dernier, si on les laissait faire.

— Les protestants n'ont rien à nous apprendre dans ce domaine.

Brian le saisit par les épaules et le fit pivoter.

— Je n'aime pas ce langage, dit Rafferty.

— A quoi cela sert-il de brûler des maisons ? J'en ai marre de tous ces incendies.

— Et tu as été gentiment passer la journée à Bangor ?

— Oui. Ce n'est pas un crime, que je sache.

— Ce pourrait en être un. Tout dépend de la personne que tu accompagnais.

— Que veux-tu dire ? demanda Kevin en écartant les mains de Brian.

— J'ai rencontré ton oncle Albert, qui m'a dit que tu étais en compagnie d'une blonde du nom de Sadie.

— Et alors ?

— Je me souviens d'une certaine Sadie. Cela remonte à trois ans environ...

— Mêle-toi de ce qui te regarde, explosa Kevin.

— S'il s'agit de la Sadie à laquelle je pense, je crois que cela me regarde.

— Je n'ai pas de leçon à recevoir de toi, Brian.

— Non ? fit Brian, en s'appuyant contre un mur.

— Non, répliqua Kevin, en lui tournant le dos.

Il referma la porte sans faire de bruit, monta à sa chambre sur ses bas et s'endormit tout habillé.

Le tintement des cloches et Brede le réveillèrent.

— A quelle heure es-tu rentré ? demanda-t-elle.

— Aucune idée, répondit-il en bâillant.

Une odeur de bacon frit montait de la cuisine.

— Lève-toi vite, sinon tu seras en retard pour la messe.

Il se lava, changea de vêtements et descendit à la cuisine. Le reste de la famille avait déjà mangé. Sa mère s'affairait à laver et à peigner les petits, qui portaient leur meilleur costume. C'était le seul moment de la semaine où ils étaient tous propres en même temps.

Kevin se servit et se mit à manger. Son père lui posa une foule de questions auxquelles il répondit d'une manière évasive.

Après la messe, l'incendie du pub de Doyle fut l'unique sujet de conversation de la congrégation. L'indignation était grande.

— On dirait vraiment que c'est la première fois, dit Kevin à Brede.

— J'en ai assez de tous ces morts et de ces incendies, répondit-elle.

Sur le chemin du retour, ils furent rattrapés par Kate qui était hors d'haleine.

— Je vous ai appelés, dit Kate.

— Nous n'avons pas entendu, déclara Brede.

— Je me demandais si tu avais des projets pour cet après-midi, reprit Kate en fixant Kevin. Nous pourrions aller pique-niquer quelque part. Qu'est-ce que tu en dis ?

— Je suis occupé, dit Kevin en abandonnant les deux filles.

— Qu'est-ce qui lui prend ? demanda Kate.

— Tu ne devrais peut-être pas... Brede hésita. Tu ne devrais peut-être pas lui courir après. Les garçons n'aiment pas ça.

— Tu as un de ces culots. Je n'ai jamais eu besoin de courir après un garçon.

— J'essayais simplement de t'aider, dit Brede. Il faut que je rentre maintenant.

Kate partit dans le sens opposé et rencontra Brian Rafferty. Avant de rentrer, Brede jeta un regard derrière elle et vit que Brian et Kate étaient en grande conversation.

Après le déjeuner, Kevin se rendit à Cave Hill. Il passa l'après-midi à lézarder au soleil et finit même par s'endormir.

Lorsque le soleil déclina à l'horizon, il descendit de la colline et prit le chemin qui longeait la rivière

Lagan, où Sadie devait venir le retrouver. Elle arriva quelques minutes après lui. Il la regarda s'approcher, cheveux au vent et souriante.

Lorsqu'elle fut toute proche, il lui prit les mains et lui rendit son sourire.

— Je me demandais si tu allais venir, dit-il.
— Tu savais que je ferais tout pour être là.
— Oui.

Il la prit par la taille et l'emmena faire une promenade le long du sentier. Ils croisèrent d'autres couples qui marchaient enlacés ou la main dans la main.

— Est-ce que ta mère sait que tu es sortie ? demanda Kevin.
— Je suis toujours dehors, répondit Sadie, en riant. J'ai horreur d'être enfermée.
— C'est comme moi.

Ils continuèrent leur promenade jusqu'à ce que le soleil ait disparu à l'horizon.

— Quelle belle soirée ! soupira Sadie.
— Quand te reverrai-je ? demanda Kevin.
— Quand veux-tu ?
— Demain ?

Elle acquiesça.

— Même endroit ?
— Même endroit.

Ils décidèrent de rentrer, mais prirent soin de se séparer bien avant d'arriver à proximité de leurs quartiers respectifs. Il était inutile de risquer un affrontement comme celui de la nuit précédente.

Ils trouvèrent refuge dans une encoignure de porte

et passèrent encore une demi-heure serrés l'un contre l'autre, sans pouvoir se quitter.

Une horloge sonna les douze coups de minuit.

— Comme le temps passe vite, murmura Sadie. Il faut que je me sauve maintenant.

— A demain, dit-il en l'embrassant.

— Oui. Sept heures et demie, murmura-t-elle, en se blottissant contre lui.

— Plus que dix-neuf heures et des poussières.

— C'est demain que ce sera long...

Ils s'embrassèrent une nouvelle fois et elle s'éloigna. Elle ne cessa de penser à lui tout au long du chemin. Lorsqu'elle arriva chez elle, sa mère piqua une colère, mais elle ne daigna pas lui répondre et monta se coucher avec un petit sourire au coin des lèvres.

— Je n'ai pas aimé le regard qu'avait Sadie, en rentrant, dit Mrs. Jackson à son mari, lorsqu'ils furent couchés. Elle devait sortir avec des collègues, mais j'ai l'impression qu'elle nous a menti une fois de plus. Jim, tu ne penses tout de même pas qu'elle aurait revu ce Kevin McCoy ? Dis, Jim...

Mais Mr. Jackson était profondément endormi et lorsqu'elle cessa de parler, elle l'entendit ronfler.

Kevin aussi pensait à Sadie en regagnant son quartier. Il aimait ses yeux moqueurs et sa bouche rieuse. Elle était pleine de vie et cela correspondait parfaitement à son propre tempérament.

Il sifflotait en arrivant à hauteur du dépôt du vieux Kelly et l'attaque le surprit en pleine rêverie amoureuse. Trois garçons se jetèrent sur lui avec une telle rapidité qu'il n'eut même pas le temps de voir leurs visages. Il en reconnut cependant un à son rire et à sa voix lorsqu'il éructa :

— Traître.

Il essaya de se défendre et frappa à l'aveuglette sans aucun espoir. Il s'écroula en se protégeant le visage du mieux qu'il put. Une grêle de coups de pieds et de coups de poings s'abattit sur lui, puis il perdit connaissance...

10
La démarche

A la fin de sa journée de travail, Brede rangea un monceau de jouets, balaya le sable et passa un torchon dans la nurserie. La plupart des mamans étaient déjà venues rechercher leurs poussins et on n'attendait plus que les deux retardataires habituelles.

— Quelque chose qui ne va pas, Brede ? demanda l'infirmière en chef.

Brede releva la tête, mais ne sut quoi répondre.

— Tu te sens bien au moins ?

— Oui, dit Brede en écartant une mèche de cheveux qui lui barrait le front.

— Tu m'as parue contrariée depuis ce matin. Quelque chose qui cloche à la maison ?

— Eh bien...

— Serait-ce ta mère ? L'accouchement ne devrait plus tarder maintenant. Tu ferais mieux de rentrer tout de suite. Je finirai de ranger.

Brede la remercia et se félicita d'avoir le temps de faire un saut jusqu'au magasin où travaillait Sadie.

En dépit de la lenteur de l'autobus Brede arriva avant la fermeture et demanda à quel rayon travaillait Sadie Jackson.

— Au rayon de modes, lui fut-il répondu.

Une vendeuse essayait un chapeau à une cliente qui ne semblait pas autrement enthousiaste pour le bibi. Elle déclara finalement qu'elle allait réfléchir et s'éloigna d'un air digne. La vendeuse se mit à ranger la demi-douzaine de chapeaux que la dame avait essayés en une bonne demi-heure.

— Excusez-moi, commença Brede nerveusement.

— Je suis désolée, mais nous allons fermer, dit la vendeuse d'un ton acide.

— Je ne viens pas pour un chapeau, reprit Brede, mais pour un renseignement. Pouvez-vous me dire où se trouve Sadie Jackson ?

— Elle a été balancée ce matin, répondit la vendeuse d'un ton triomphant.

Brede sortit précipitamment du magasin en se disant qu'il n'y avait plus qu'un endroit où trouver Sadie.

Elle connaissait le nom de la rue et savait que la maison où habitait Sadie était la dernière de la rangée.

Brede pénétra donc le cœur battant en territoire protestant. Il y avait peu de chances pour qu'on la reconnaisse, mais elle était quand même terrifiée. Les maisons ressemblaient à celles de son quartier, seules les inscriptions sur les murs étaient différentes. VIVE LE ROI GUILLAUME. A BAS LE PAPE. PAS DE SOUMISSION.

Après avoir parcouru plusieurs rues sans trouver

la bonne, elle avisa un magasin dont la porte était ouverte. Il n'y avait qu'une cliente que servait une femme dotée d'une imposante poitrine. Elles examinèrent toutes deux la nouvelle arrivante, sachant qu'elle n'appartenait pas au quartier.

— Servez cette jeune personne, Mrs. McConckey. Je ne suis pas pressée.

— Comme vous voudrez, Mrs. Mullet. Que puis-je vous servir ? demanda Mrs. McConckey en se tournant vers Brede.

— Un chocolat au lait, dit Brede en prenant sa bourse.

Elle avait tout juste de quoi payer le chocolat.

Pendant que Mrs. McConckey allait chercher la tablette, Mrs. Mullet eut tout le loisir d'examiner Brede.

La jeune fille paya et demanda où se trouvait la rue qu'elle cherchait.

— J'habite dans la même rue, dit Mrs. Mullet. Si vous avez une minute, je vous accompagnerai. Donnez-moi six œufs, Mrs. McConckey, je vous payerai demain.

Mrs. McConckey la servit à contrecœur.

— Merci. Venez, je vais vous conduire, ajouta Mrs. Mullet à l'intention de Brede. Qui désirez-vous voir au juste ?

— Eh bien, les Jackson.

— Les Jackson ? s'écria Mrs. Mullet en s'arrêtant pile. Mais ce sont d'excellents amis. Leur fils Tommy courtise ma fille Linda.

— Vraiment ? fit Brede, en s'humectant les lèvres et en faisant une prière pour que Mrs. Mullet n'entende pas les battements précipités de son cœur.

— Est-ce loin ? demanda-t-elle.

— La rue suivante. Vous n'êtes pas du quartier, n'est-ce pas ?

— Non.

— Il y a longtemps que vous connaissez les Jackson ?

— Non.

— C'est sans doute Sadie que vous venez voir ?

— Oui.

— Vous devez être une de ses collègues ?

Brede acquiesça de la tête. Elles passèrent devant un mur sur lequel on avait écrit : « SOUVENEZ-VOUS DE 1690. » Mrs. Mullet tourna le coin et sonna à la première maison.

— Ne vous dérangez pas pour moi, dit Brede.

— Il n'y a pas de dérangement, répondit Mrs. Mullet, en ouvrant la porte et en criant : Il y a quelqu'un ? Vous avez de la visite.

C'est Tommy qui vint. Il examina tour à tour Brede et Mrs. Mullet.

— J'ai rencontré une amie de Sadie qui voulait la voir et je lui ai indiqué le chemin de la maison.

Tommy ne quittait pas Brede des yeux.

— Qui est-ce, Tommy ? cria Mrs. Jackson de l'intérieur.

— Une amie de Sadie, répondit-il, en tirant la porte à lui. Eh bien, je vous remercie, Mrs. Mullet, ajouta-t-il.

La voisine avait reçu son congé. Elle traversa la rue sans se presser et perdit comme par hasard, une chaussure qu'elle mit un temps considérable à rechausser sur le trottoir d'en face.

— Qu'est-ce qui se passe, Brede ? demanda Tommy, à voix basse, tandis qu'un pli barrait son front.

— Je ne suis pas venue pour faire des histoires, dit Brede.

— Ne dis pas de bêtise, je le sais. Je suis content de te revoir.

— Moi aussi. Il faut absolument que je voie Sadie. Est-elle là ?

— Elle est dans sa chambre et se prépare à sortir. Je crois qu'elle a rendez-vous avec Kevin, mais je n'en suis pas certain.

— Tu ne te trompes pas et c'est la raison pour laquelle il faut absolument que je lui parle.

— Attends un instant. Je vais la chercher.

Brede jeta un coup d'œil par-dessus son épaule et vit que le rideau des Mullet était légèrement tiré pour permettre à deux paires d'yeux de mieux l'observer. Sadie arriva quelques secondes plus tard.

— Que se passe-t-il, Brede ? demanda-t-elle.

— Ne pourrions-nous aller ailleurs pour parler ?

Sadie referma la porte derrière elle et remonta la rue en compagnie de Brede.

— Tes voisins nous épient, dit Brede.

Sadie se retourna et fit un signe de la main en direction de la maison des Mullet. Le rideau retomba. Brede éclata de rire en oubliant pendant quelques instants ses problèmes.

— Tu n'as pas beaucoup changé, Sadie.

— Tu ne peux pas savoir comme je suis contente de te revoir. Je n'ai malheureusement pas beaucoup de temps parce que j'ai rendez-vous avec Kevin à sept heures et demie.

— C'est à ce sujet que je suis venue te voir.

— Tu vas t'y mettre toi aussi, soupira Sadie. Tommy a déjà essayé de me convaincre de ne plus voir ton frère, non pas qu'il soit contre Kevin, mais tu sais, lui, c'est la paix à tout prix qu'il veut.

— Ce serait magnifique si nous avions de nouveau la paix.

— Le prix à payer est parfois trop élevé, répliqua Sadie. Je connais un petit café pas loin d'ici où nous serons tranquilles.

L'établissement était vide. Sadie commanda deux cafés et elles prirent place l'une près de l'autre pour pouvoir parler sans être entendues.

— Le café chaud te fera du bien, Brede. Tu es pâle comme une morte.

— Nous avons eu une grosse émotion la nuit dernière, dit Brede après avoir bu.

— Kevin ? demanda précipitamment Sadie.

— Oui, il a été battu.

— C'est grave ?

— Assez, oui. Des tas de contusions, une profonde entaille au cuir chevelu et à la jambe. On a dû lui mettre trois agrafes à la tête.

— Mon Dieu ! s'écria Sadie horrifiée.

— C'est son patron, Mr. Kelly, qui l'a trouvé inanimé, non loin du dépôt, tard dans la soirée. Kelly a appelé une ambulance et ils l'ont transporté à l'hôpital.

— Est-ce qu'il y est encore ?

— Non. Ils l'ont laissé sortir ce matin.

— Penses-tu que ce soit arrivé à cause de moi, Brede ?

— Je le crois, en effet, répondit Brede d'une voix à peine audible.

— Qui a pu faire une chose pareille ?

— Ils étaient trois et l'un d'eux s'appelle Brian Rafferty.

— Ils s'y sont mis à trois, les lâches. Ah ! si je les tenais.

— Ils te feraient subir le même sort.

Sadie vida sa tasse de café d'un trait.

— Est-ce lui qui t'a demandé de venir me trouver ? interrogea Sadie.

— Non. Il ne sait pas que je suis ici. Il s'apprêtait à sortir pour te voir. Il ne te laissera pas tomber, Sadie, mais je suis venue te demander de ne plus le revoir.

— Mais dans ce cas, c'est moi qui le laisserai tomber, s'écria Sadie.

— Tu ne voudrais tout de même pas qu'il soit de nouveau victime d'une agression ?

— Non, mais...

— Alors il ne faut plus le voir. Je t'en supplie, essaye de comprendre, plaida Brede.

— Même pas ce soir ? Tu voudrais que je le laisse attendre... Il va s'imaginer que je me suis moquée de lui.

— Sadie, entre deux maux, il faut choisir le moindre. Il est trop fier pour venir te relancer, s'il s'imagine que tu lui as posé un lapin. J'ai bien réfléchi à la question et c'est le meilleur moyen, crois-moi. Après tout, c'est lui qui a été battu.

Tout était calme dans le café. Le patron s'était retiré à l'office. Les bruits de la rue étaient assourdis par les vitres épaisses. Sadie et Brede se regardèrent fixement pendant un long moment.

— Je sais que c'est dur, murmura Brede.

Sadie sentit une grosse boule dans sa gorge. On aurait dit un abcès qui n'en finissait pas d'enfler, mais qui ne voulait pas crever.

— Je ne sais pas, Brede. Je ne sais plus...

« A vrai dire, je ne sais plus où j'en suis », pensa Sadie. « Je veux revoir Kevin et il tient à moi, je le sais. Alors, pourquoi tous ces gens veulent-ils se mettre entre nous ? » Jusqu'à ce jour, la vie lui avait toujours paru facile. Bien sûr, il y avait eu des options à prendre, mais elle n'avait jamais craint de choisir ce qu'elle estimait être le mieux. Aujourd'hui, ce choix se limitait à capituler devant Brian Rafferty et ses amis, devant Linda Mullet et sa famille et devant tous les autres ou à passer outre sans tenir compte des menaces. Elle ne demandait pourtant pas grand-chose. Le droit de se promener le long de l'eau ou de gravir une colline avec celui qu'elle aimait.

— Tu ne veux tout de même pas qu'il soit de nouveau blessé ? insista Brede, en coupant le fil de ses pensées.

— Bien sûr que non.

— Alors tu ne le reverras plus ?

— Je ne sais pas encore, dit Sadie, en relevant lentement la tête. Je ne peux rien promettre, Brede. Il faut que je réfléchisse.

— Penses-y sérieusement, dit Brede, en se levant. Il fut un temps où un catholique pouvait courtiser une jeune fille protestante, mais ce temps est passé et il y a assez de sang versé dans ces rues sans qu'on en rajoute. C'est à cela qu'il faut penser, Sadie.

Brede tourna les talons et quitta le café. Sadie resta assise à fixer la table en se disant que Brede avait raison. Elle aimait bien Brede et c'est pour cette raison qu'elle l'avait écoutée. Si une Linda Mullet lui avait dit les mêmes choses, elle se serait levée et aurait été retrouver Kevin par défi. Mais à présent, que faire ?

Elle jeta un coup d'œil à l'horloge du café. Il était sept heures dix. Dans vingt minutes Kevin l'attendrait près du fleuve, confiant dans sa venue.

Le patron réapparut derrière son comptoir.

— Encore un café, proposa-t-il.

Elle fit signe que non, se leva, rejeta ses cheveux en arrière et sortit à l'air frais.

11
Mister Blake

Kevin marchait d'un pas raide le long du fleuve. Sa tête le faisait souffrir et il devait s'arrêter de temps en temps pour se reposer. Il portait le bras gauche en écharpe. A l'hôpital, ils lui avaient dit qu'il avait de la chance d'être solidement bâti, sans quoi, cela aurait pu être beaucoup plus grave. Mais il était encore sérieusement commotionné et il ne s'était jamais senti aussi faible. Il était évidemment hors de question de travailler pendant une semaine ou deux et Mr. Kelly ne le payerait pas pendant ce congé forcé. Il y avait bien sûr la sécurité sociale, mais cette allocation n'atteindrait pas le montant de son salaire. Un souci de plus pour sa mère qui en avait déjà bien assez.

Une horloge sonna la demie au moment où il arrivait en claudiquant au lieu du rendez-vous. Il poussa un soupir de soulagement en constatant qu'elle n'était pas encore là. Il s'appuya contre un arbre et prit plusieurs inspirations. Il y était parvenu, même s'il avait dû se déplacer comme un vieillard. Dire que les médecins avaient insisté pour qu'il gardât le lit pendant une semaine ! Pourquoi pas le mettre en prison ? tant qu'ils y étaient.

Il regarda autour de lui et constata qu'il n'y avait heureusement pas trop de monde. Il devait avoir belle allure aux yeux des passants avec sa tête bandée, son œil au beurre noir et son bras en écharpe.

Il regarda dans la direction d'où il était venu pour s'assurer que Brian Rafferty ne l'avait pas suivi en dépit des précautions qu'il avait prises. Il avait en effet envoyé son jeune frère Gérald voir ce que faisait Rafferty et le gamin lui avait dit qu'il avait vu Brian et ses amis se diriger vers un autre quartier de la ville. Toute la famille McCoy savait par qui Kevin avait été battu, mais tout le monde fut d'accord avec la victime pour ne pas alerter la police. A l'hôpital, lors de l'interrogatoire, il avait dit qu'il ne connaissait pas ses agresseurs.

Un homme d'un certain âge s'avançait en compagnie de son chien à qui il jetait un bâton. Arrivé à la hauteur de Kevin, l'homme s'arrêta et dévisagea le jeune homme.

— Est-ce que tu te sens bien, mon gars ? demanda-t-il.

— Oui. Je vous remercie.

— Bien vrai ? Tu ne veux pas que je t'aide à poursuivre ta route ?

— Non, non, l'assura Kevin, tandis que le chien présentait le bâton qu'il avait été rechercher.

— Un instant, Jack, un instant, dit l'homme en s'adressant au chien.

La vue de Kevin se brouilla soudain et il n'aperçut plus que vaguement le contour du visage de l'homme. Il prit une profonde inspiration et s'adossa à l'arbre. L'homme le soutint.

— Tu n'es pas bien du tout. Viens, je vais te ramener chez toi.

— Non.

— Où habites-tu ? Ma voiture n'est pas trop loin d'ici.

— Aidez-moi à m'asseoir, dit Kevin en secouant la tête.

Il se laissa glisser au sol et reposa la tête contre l'arbre. Il se sentit tout de suite un peu mieux. Le visage de l'homme lui apparut clairement cette fois : des yeux bleus le regardaient avec une lueur de préoccupation, un front dégarni, une petite moustache bien taillée. L'homme s'accroupit auprès de lui, tandis que le chien attendait patiemment avec son morceau de bois dans la gueule.

— Je crois que tu as besoin d'un docteur.

— Je me sens faible et c'est tout. J'ai eu un accident la nuit dernière.

— Je ne peux pas t'abandonner ici dans cet état, dit l'homme en hochant la tête.

— J'attends quelqu'un. Quelle heure est-il ?

— Huit heures moins dix, répondit l'homme, après avoir consulté sa montre.

— Huit heures moins dix ?

— On dirait qu'elle est en retard, dit l'homme en souriant.

Kevin acquiesça.

— Elle ne viendra peut-être pas, reprit l'inconnu.

— Elle viendra.

— Tu m'as l'air bien sûr de toi.

— C'est que je la connais.

— Je l'espère pour toi.

Kevin sourit tandis que l'homme s'asseyait à côté de lui.

— Je vais rester près de toi jusqu'à ce qu'elle arrive.

— Non. Il ne faut pas vous déranger...

— Mais si elle ne venait pas ?...

— Elle viendra, répéta Kevin.

— Tu sais quoi ? Je vais aller jusqu'au bout du sentier et si elle n'est pas là à mon retour, je te ramènerai chez toi. D'accord ?

Kevin acquiesça. Il était certain que Sadie viendrait... à moins que sa famille ne la retînt de force... et encore, ce ne serait pas la première fois qu'elle filerait en sautant par la fenêtre. Il suivit du regard l'homme qui s'éloignait en compagnie du chien. Une horloge sonna huit heures.

L'inconnu avait raison, si Sadie n'était pas là à son retour, il partirait avec lui. Il ne se sentait pas la force d'attendre plus longtemps...

Il entendit la voix de l'homme avant de le voir.

— C'est bien, Jack, criait-il. Rapporte.

Le chien ne tarda pas à apparaître et à s'arrêter à ses pieds.

Kevin leva la tête.

— Je crois qu'il est temps de rentrer, qu'est-ce que tu en dis ?

Kevin opina, essaya de se relever et retomba sur les genoux. L'homme le prit sous les aisselles et l'aida à se remettre debout.

— Appuie-toi sur moi, marche doucement et tout ira bien.

Ils avancèrent ainsi lentement le long du sentier. Kevin avait les jambes en coton et ce n'est qu'à force de volonté qu'il ne s'écroulait pas.

— Où habites-tu, mon gars ?

Kevin hésita. Il savait que l'homme était un protestant. On lui avait appris à les reconnaître à cinquante pas dès sa plus tendre enfance.

— Je suis catholique, dit-il.

— Moi pas, dit l'homme, mais ce n'est pas pour cela que je vais te jeter à l'eau.

— Je vis dans un quartier troublé. Il vaudrait mieux ne pas vous y aventurer.

— Eh bien, nous aviserons quand nous approcherons du coin. Comment t'appelles-tu, mon gars ?

— Kevin.

— Courage, Kevin, encore quelques mètres et nous y serons.

— Kevin. Kevin.

La voix de Sadie résonna à ses oreilles, stridente avec une nuance d'affolement.

Kevin s'arrêta. Elle était venue.

Sadie volait littéralement tant elle courait vite, ses longs cheveux flottant au vent derrière elle.

— Mais je ne rêve pas, c'est Sadie Jackson, s'écria l'homme.

— Oh ! Kevin, cria Sadie haletante en se tenant les côtes.

Kevin sourit en dépit de la douleur qui lui martelait le crâne. Il n'avait jamais douté d'elle, sachant qu'elle se débrouillerait pour venir.

— Je t'ai presque manqué, hoqueta-t-elle.

— On peut dire que tu es arrivée à temps et c'est le principal, dit l'homme.

— Mais c'est... Mr. Blake.

Elle avait failli dire « le clignotant », surnom dont les élèves de l'école où il enseignait la géographie l'avaient affublé en raison du tic qu'il avait aux yeux.

— Je ne t'ai plus vue depuis que tu as quitté l'école, mais je t'ai tout de suite reconnue. Tu cours toujours aussi vite à ce que je vois.

— On dirait que vous vous connaissez, dit Kevin.

— J'ai été son professeur, dit Mr. Blake. Allons, Sadie, aide-moi à soutenir ce jeune homme jusqu'à ma voiture.

Ils installèrent Kevin sur le siège avant. Une tache de sang qui s'agrandissait à vue d'œil était apparue sur le pansement qui lui enserrait la tête. Sadie et le chien prirent place à l'arrière.

— Je suppose que tu n'iras pas jusque chez Kevin, dit Blake.

— Non.

— Vous pourriez peut-être nous déposer quelque part ? dit Kevin.

— Oui, il nous faut un endroit pour parler, enchaîna Sadie.

— Pas de problème, dit Mr. Blake. Je connais l'endroit idéal.

Kevin se laissa aller contre le dossier du siège et ferma les yeux. Tout en roulant, Sadie et Mr. Blake échangèrent des nouvelles au sujet d'anciens élèves que le professeur avait perdu de vue. Ils se dirigèrent vers les faubourgs où ils quittèrent la voie principale pour s'arrêter dans une petite rue tranquille.

— Voici ma maison, dit Mr. Blake en désignant un ravissant petit cottage. Vous y serez à l'aise pour parler.

— Du tonnerre, s'écria Sadie.

Ils aidèrent Kevin à descendre de voiture et le soutinrent jusqu'au salon où ils l'installèrent sur le divan. C'était une pièce agréable dont la cheminée et le piano supportaient d'innombrables photos de famille.

— Je suis veuf, dit Mr. Blake. Ma femme est morte il y a deux ans et ma petite famille a grandi.

— Et vous vivez seul ? demanda Sadie.

— Oui. Assieds-toi, Sadie. Je vais faire un peu de café et appeler mon médecin pour qu'il examine Kevin. C'est un vieil ami et il ne me refusera pas ce service.

Kevin voulut protester, mais il ne s'en sentit pas la force. Sadie avait pris place sur le bord du divan et tenait la main de Kevin dans la sienne.

— Je regrette d'être arrivée en retard, Kevin. Brede est venue me voir et...

— Brede ?

— Elle m'a raconté ce qui s'est passé.

— Et elle t'a aussi demandé de ne plus me revoir, c'est bien ça ?

— Oui, mais uniquement pour ton bien. Elle se fait tant de souci à ton sujet qu'elle ne sait plus où elle en est. Je n'ai pas pu résister et je suis tout de même venue.

— J'en suis heureux, dit-il, en serrant sa main.

Mr. Blake revint en portant un plateau. Sadie se leva pour l'aider.

— Je crains que mon café ne soit pas fameux, dit-il. Je ne suis pas très doué pour tout ce qui concerne la cuisine. Enfin, j'ai fait de mon mieux et j'ai téléphoné au docteur qui ne va pas tarder à arriver.

Le café chaud rendit quelques couleurs aux joues pâles de Kevin. Son visage habituellement bronzé était cireux. Lorsque le docteur fut là, Sadie et Mr. Blake se retirèrent à la cuisine.

— Je vais faire cette petite vaisselle, dit Sadie.

— D'accord. J'essuierai, répliqua Mr. Blake, en saisissant un torchon. J'ai vaguement expliqué à mon ami ce qui était arrivé pour qu'il ne pose pas trop de questions à Kevin. Le pauvre garçon doit en avoir assez d'être interrogé. Ah ! on peut dire que c'est un garçon courageux, Sadie. Bien qu'étant sur le point de s'évanouir, il ne voulait absolument pas quitter votre lieu de rendez-vous. Tu as de la chance d'avoir rencontré un aussi brave gars.

— Je sais, dit Sadie. Mais ce n'est pas facile.

Le docteur vint les rejoindre et se lava les mains.

— Rien de grave, dit-il. Du moins pas d'aggravation. La blessure saignait, mais les points de suture ont tenu bon. J'ai changé son pansement et insisté sur le fait qu'il doit garder la chambre pendant quelques jours.

— Je le reconduirai, dit Mr. Blake.
— Parfait.

Le docteur sortit en balançant sa serviette à bout de bras.

— Va lui parler, Sadie. Je viendrai vous rejoindre dans quelques minutes pour le ramener chez lui. Ce garçon a un besoin urgent de son lit.

Le docteur avait quelque peu redressé Kevin contre les coussins et il avait déjà meilleure mine.

— Viens t'asseoir ici et dis-moi quelque chose de gentil.

— J'ai quelque chose à te dire, mais je ne sais pas si tu trouveras ça gentil. En fait, si je suis venue aujourd'hui, c'est pour te dire que nous devons renoncer à nous revoir.

12
L'attentat contre Mrs. McConckey

— Ne plus nous revoir ? répéta Kevin.
— Ce n'est pas de gaieté de cœur, tu sais, dit Sadie. Je tiens à toi.
— Alors, tu capitules, rétorqua Kevin, d'une voix amère.
— Il n'est pas question de capituler.
— Et qu'est-ce que c'est à ton avis ?
— Je ne veux plus qu'on te fasse du mal, c'est tout, dit-elle simplement.

Ils restèrent silencieux pendant un moment.

— Je suis désolé. Je ne t'en veux pas, Sadie. Je ne peux pas supporter l'idée de devoir passer par les volontés de Brian Rafferty.
— Il n'y a pas que Brian Rafferty. Il y a tous les autres. Chaque fois que nous nous quitterons je me demanderai s'il ne t'est rien arrivé.

— Nous n'aurions pas besoin de claironner nos rendez-vous. Nous pourrions nous voir en secret.

— Où ?

Kevin soupira et ferma les yeux.

Mr. Blake frappa et passa la tête dans l'entrebâillement de la porte avant d'entrer. Il prit place dans un fauteuil et les examina en silence pendant un long moment.

— Que se passe-t-il, les enfants ? Vous n'avez pas l'air très heureux.

— Nous ne le sommes pas, dit Kevin. Sadie estime que nous ne devrions plus nous revoir.

Mr. Blake hocha la tête. Il prit sa pipe et entreprit de la bourrer.

— C'est regrettable. Vous avez l'air de beaucoup tenir l'un à l'autre, mais je sais que ce doit être difficile.

Sadie se sentit rougir. C'était vrai, elle aimait Kevin et c'était justement pour cela qu'elle ne pouvait supporter l'idée qu'il puisse de nouveau être blessé.

— Nous avons surtout beaucoup de difficultés à nous voir discrètement, dit-elle.

Kevin avait fermé les yeux. Son visage était pâle et tiré.

— Je crois que nous ferions mieux de raccompagner ce jeune homme, dit Mr. Blake.

Ils l'installèrent une nouvelle fois dans la voiture et Sadie reprit place à l'arrière.

— Il ne faut surtout pas aller jusque dans mon quartier, insista Kevin. Je me débrouillerai bien pour rentrer seul.

— D'accord, fit Mr. Blake. Je n'aime pas beaucoup

te voir marcher dans l'état où tu es, mais il est inutile d'aller au-devant de nouveaux ennuis.

Il gara la voiture dans une petite rue tranquille.

— Est-ce que tu pourras y arriver d'ici ? demanda le professeur.

Kevin acquiesça. Il saisit la poignée de la portière et se tourna vers Sadie. Etait-ce réellement la dernière fois qu'ils se voyaient ?

— J'ai une proposition à vous faire, dit Mr. Blake. Est-ce que cela vous plairait de venir dîner chez moi, un de ces soirs ?

— Avec plaisir. Pas vrai, Kevin ?

— Certainement.

— Eh bien, disons vendredi, proposa Mr. Blake. Kevin pourra ainsi récupérer pendant quelques jours.

— A vendredi alors, dit Kevin.

Il ouvrit la portière. Ils le regardèrent s'éloigner d'un pas incertain. Au coin de la rue il se retourna et leur fit signe de la main avant de disparaître. Sadie vint s'asseoir à côté de Mr. Blake.

— J'espère qu'il y arrivera, dit-elle.

— J'en suis certain. C'est un dur.

Mr. Blake raccompagna Sadie jusque chez elle.

— Quelle époque troublée, soupira Mr. Blake en s'arrêtant devant la maison des Jackson. Surtout pour une jeune protestante qui s'amourache d'un catholique.

— Je sais, dit-elle. Croyez-vous que je sois folle ? Mr. Blake.

— Oui, répondit-il, et mon devoir serait de te raisonner et de te dire de renoncer. On doit s'attendre à des tas de difficultés quand on refuse de suivre le troupeau, surtout si on n'apprécie pas la voie qu'il emprunte. Il faut du courage pour agir de la sorte et je t'admire de l'avoir. Je dois dire que je t'ai toujours considérée comme une petite bonne femme très courageuse.

Sadie rougit une nouvelle fois et c'était un record, car elle n'était pas du genre à s'empourprer facilement. Elle ouvrit la portière.

— Bonne nuit, Mr. Blake, et merci pour tout. Vous êtes du tonnerre.

— Tu n'aurais jamais dit cela, il y a quelques années, hein ? dit le professeur en clignant des yeux.

Elle resta sur le trottoir et agita la main jusqu'à ce que la voiture soit hors de vue. Elle s'apprêtait à entrer lorsque Tommy apparut sur le pas de la porte.

— Qui t'a ramenée ?

— Blake, « le clignotant ». Tu te rappelles, le prof' de géographie ?

— Que faisais-tu avec lui ? demanda Tommy en fronçant les sourcils.

Sadie lui raconta les événements des dernières heures.

— Comment tout cela va-t-il finir ?

— Je n'en ai pas la moindre idée, répondit Sadie. A propos, sais-tu ce qui m'est arrivé ce matin ?

— Non, mais je vais le savoir.

— La vieille haridelle du rayon modes m'a dit : « J'ai appris que vous sortiez avec un calotin. »

— Et qu'as-tu répondu ? demanda Tommy résigné à entendre le pire.

— Je lui ai dit d'aller au diable et elle m'a mise à la porte.

— Tu ne sauras donc jamais tenir ta langue ?

— Pourquoi l'aurais-je fait ? C'est elle qui a commencé.

— Qu'est-ce que maman va dire quand elle va apprendre ça ?

— Je n'ai pas l'intention de lui dire quoi que ce soit avant d'avoir trouvé un nouvel emploi.

Une forte déflagration dans le voisinage les fit sursauter. L'explosion devait avoir eu lieu dans la rue voisine et déjà on entendait des cris, des hurlements et des pleurs.

Ils coururent jusqu'au coin de la rue. La boutique de Mrs. McConckey était en flammes.

Il y avait déjà un attroupement au sein duquel on reconnaissait Mrs. Mullet qui faisait de grands signes des bras.

— Sadie, va vite alerter la police, dit Tommy.

La jeune fille s'élança et ne dut pas courir bien loin pour trouver deux agents de police qui faisaient leur ronde dans la rue principale. Ils avaient entendu l'explosion et se dirigeaient vers le lieu du sinistre.

En quelques minutes, la rue étroite fut pleine de monde, de voitures et d'ambulances. La police entreprit de faire évacuer les maisons voisines de la boutique de Mrs. McConckey.

Les Jackson et les Mullet battirent en retraite et suivirent la suite des opérations du seuil de la maison des Jackson. Les nouvelles les plus contradictoires se répandaient comme une traînée de poudre : il s'agissait d'une charge de plastique, d'une bombe au pétrole, de trois bombes au pétrole... Quatre hommes masqués avaient été vus dans la rue. Mrs. McConckey était morte. Mrs. McConckey avait été emmenée à l'hôpital. Mrs. McConckey était introuvable.

— Que le Seigneur nous protège, dit Mrs. Jackson. La prochaine fois, ce sera peut-être notre tour.

— Que diriez-vous d'une tasse de thé, proposa Sadie.

— Qu'est-ce qui t'arrive ? demanda sa mère surprise. C'est toi qui proposes de faire le thé ?

— Je vais faire chauffer l'eau, répliqua Sadie en haussant les épaules.

— Va l'aider, Linda, dit Mrs. Mullet, mais Linda ne voulait rien manquer du spectacle de la rue.

— Pas la peine, dit Sadie, qui préférait rester seule pour réfléchir.

Tommy vint la rejoindre au bout de quelques minutes.

— Il paraît qu'ils ont sorti Mrs. McConckey, dit-il. Elle serait gravement brûlée.

— Pauvre Mrs. McConckey, soupira Sadie.

Ils n'iraient plus s'accouder sur son comptoir entre les sucreries et les bandes dessinées. C'était une partie de leur enfance qui s'évanouissait en fumée.

— Le thé est prêt, dit Sadie. Tu peux leur dire d'entrer.

Les deux familles vinrent s'asseoir dans la cuisine.

— Les pompiers sont encore sur place, dit Mr. Jackson. La boutique est complètement détruite.

— Espérons que Mrs. McConckey s'en tirera, ajouta sa femme.

— Quand je pense que j'ai encore taillé une bavette avec elle, il y a quelques heures, renifla Mrs. Mullet. Mais j'y pense, ajouta-t-elle, en relevant brusquement la tête, une jeune fille est entrée dans la boutique. C'était une étrangère au quartier.

— Prenez un biscuit, Mrs. Mullet, dit vivement Sadie en passant le plat sous le nez de la voisine.

— Oui, elle est venue ici après, continua Mrs. Mullet en prenant distraitement un biscuit.

— Elle n'a sûrement rien à voir avec cet attentat, dit Tommy d'une voix coupante.

— C'était la sœur de Kevin McCoy, n'est-ce pas ? intervint Linda. Je l'ai vue de la fenêtre.

— La sœur de Kevin McCoy ? dit Mrs. Jackson.

— Et en admettant que ce soit elle, dit Sadie, en allant rincer sa tasse à l'évier. Je suppose que vous ne l'avez tout de même pas vue déposer une charge de plastique dans la boutique ?

— Comment saurions-nous ce qu'elle est venue faire ici ? déclara Mrs. Mullet.

— J'ignorais qu'elle était venue nous rendre visite, dit Mrs. Jackson, mais je voudrais aussi savoir ce qu'elle avait à faire chez nous.

— J'ai l'impression qu'on vous cache beaucoup de choses, Mrs. Jackson, dit Mr. Mullet.

— Alors, vas-y, Sadie, intervint Linda, mets-toi à table.

— Nous avons eu une conversation strictement privée, répliqua Sadie.

— C'est peut-être ce que tu t'imagines, reprit Linda. Qui sait si on ne l'a pas envoyée pour repérer les lieux.

— Tu es complètement dingue, dit Tommy en se tournant vers Linda.

— Je t'interdis de parler sur ce ton à ma fille, cria le père Mullet en bondissant sur ses pieds. Linda, Jessie, venez, nous rentrons. Si Tommy et Sadie ne sont pas regardants en ce qui concerne leurs fréquentations, moi je le suis pour celles de ma fille.

Les Mullet poussèrent leur fille vers la sortie avant qu'elle ait eu le temps de protester.

— Bon débarras, déclara Sadie.

— Suffit, Sadie, dit Mrs. Jackson. Inutile d'en rajouter.

— Quel culot, continua Sadie. Oser prétendre que Brede McCoy serait venue ici pour faire sauter le magasin de Mrs. McConckey.

— Qu'est-elle venue faire en définitive ?

— Je te l'ai déjà dit. C'était privé.

— Ce n'est pas une réponse.

— Je n'en ai pourtant pas d'autre à te donner, dit Sadie, en quittant la cuisine pour aller se coucher.

Le lendemain matin, Mrs. Jackson bouda sa fille. Sadie avala son petit déjeuner et partit à l'heure habituelle. Elle retrouva Linda à l'arrêt de l'autobus. Elles s'ignorèrent dans la file d'attente, mais une fois dans le bus, Linda vint s'asseoir à côté de Sadie.

— Tu sais, dit-elle, je ne pensais pas ce que j'ai dit hier soir.

— Pourquoi l'avoir dit alors ? aboya Sadie.

Elle regarda par la vitre pendant tout le trajet, ignorant complètement Linda Mullet. Brede McCoy la valait cent fois.

Sadie essaya de la semer près de l'hôtel de ville, mais Linda s'acharnait à garder le contact. Elles arrivèrent ainsi au magasin où Sadie travaillait, ou plutôt : avait travaillé. Elle allait être obligée d'entrer pour donner le change à Linda qui était dactylo dans un bureau situé non loin de là.

— On se voit pour déjeuner ? demanda Linda.

— J'ai à faire.

Sadie la quitta pour entrer par le couloir réservé au personnel. Sitôt à l'intérieur, elle se trouva nez à nez avec la chef du rayon modes.

— Que faites-vous ici ? demanda-t-elle, hargneuse.

— Je viens jeter un dernier regard nostalgique sur ce cher endroit, répliqua Sadie, en reprenant illico le chemin de la sortie.

Elle vit Linda disparaître dans la foule et revint rapidement sur ses pas en direction de l'hôtel de ville. Elle aurait dû se rendre à la bourse du travail où on ne manquerait pas de lui proposer une autre place de vendeuse, ce qui était au-dessus de ses forces.

Elle passa devant un kiosque à journaux et vit les titres du matin : UN MAGASIN DETRUIT PAR LES FLAMMES. LA PROPRIETAIRE EST MORTE DE SES BLESSURES.

Ainsi, Mrs. McConckey était morte. Sadie sentit sa gorge se nouer. Pourquoi Mrs. McConckey ? pensa-t-elle. Elle n'avait jamais fait de mal à personne.

Elle avait passé son existence à reposer son imposante poitrine sur son comptoir, pendant qu'elle bavardait avec ses clients. Elle avait bien distribué quelques paires de gifles à des gosses trop turbulents, mais rien de plus.

Sadie chassa l'image de Mrs. McConckey de son esprit et se demanda ce qu'elle allait faire de sa journée. Si seulement elle pouvait rendre visite à Kevin et le voir ne fût-ce qu'une demi-heure. Mais c'était hors de question.

Elle pensa soudain à Mr. Blake. Pourquoi ne pas aller le voir et lui parler ?

13
Sadie retrouve un emploi

C'est le chien qui la vit le premier. Il se mit à aboyer pour lui souhaiter la bienvenue et Mr. Blake releva la tête.

— Sadie. Il est arrivé quelque chose ?

— Si on veut.

— Tu n'as pas la tête des bons jours, dit-il en ouvrant la grille.

— J'ai perdu ma place et Mrs. McConckey est morte. Elle tenait une boutique dans notre quartier.

— Je vois.

— Il me fallait absolument parler à quelqu'un, alors j'ai pensé...

— Tu as bien fait. Entre.

Ils s'installèrent à la table de la cuisine.

— Quand nous étions petits, Mrs. McConckey était notre souffre-douleur. Nous étions passés maîtres dans l'art de la mettre hors d'elle. Et maintenant elle est morte.

— C'est bien triste en effet et il ne se passe plus de jour sans que quelqu'un se fasse tuer.

Elle lui raconta ensuite pourquoi elle avait perdu son emploi.

— Je ne sais pas encore ce que je vais faire. Il me faudrait trouver autre chose avant d'en parler à ma mère.

Mr. Blake réfléchit pendant un moment en caressant le chien, qui s'était glissé entre ses jambes.

— Je pourrais peut-être te dépanner, dit-il soudain. J'avais une femme de ménage qui ne peut plus travailler à cause de ses rhumatismes. Que dirais-tu de la remplacer tous les matins ? Ce serait toujours mieux que rien. Qu'en penses-tu ?

— Vous me proposez vraiment de travailler pour vous ?

Mr. Blake éclata de rire en voyant le visage stupéfait de Sadie.

— Mais oui, pourquoi pas ?

— C'est que j'étais toujours la dernière de ma classe pour les cours ménagers.

— Oh ! les notes ne prouvent pas toujours grand-chose. Tout ce que je demande, c'est que tu fasses un peu de rangement, que tu nettoies et que tu me cuises un petit quelque chose pour déjeuner.

— Vous êtes sérieux ?

— Absolument.

— Alors d'accord. Je ferai un essai.

— Parfait.

Ils se mirent d'accord sur le salaire en plus duquel

Sadie aurait aussi le déjeuner et le remboursement de ses billets d'autobus.

Elle demanda à commencer tout de suite et Mr. Blake retourna à ses travaux de jardinage après lui avoir montré où se trouvaient l'aspirateur, les brosses, les chiffons et tous les instruments indispensables à l'entretien d'un ménage.

Au bout d'un certain temps, elle se surprit à chanter tandis qu'elle lavait le carrelage de la cuisine à grande eau. Si sa mère la voyait, elle n'en croirait pas ses yeux. De temps à autre elle jetait un coup d'œil au-dehors et voyait Mr. Blake qui soignait ses roses et ses parterres, toujours suivi par son fidèle Jack.

Pour le déjeuner, elle entreprit de cuire du hachis, des pommes de terre et des carottes. Le hachis était légèrement brûlé et les carottes un peu dures, mais Mr. Blake déclara que cela ne le dérangeait pas le moins du monde.

— Cela ira mieux quand j'aurai un peu d'entraînement, dit Sadie.

Après avoir mangé, ils se rendirent au parc voisin pour y faire courir Jack qui avait besoin de se dépenser.

— Tiens, voilà Moira Henderson, dit Mr. Blake en désignant une jeune femme d'une vingtaine d'années qui tenait un bébé sur les bras, tout en surveillant deux autres petits qui jouaient. C'est une voisine. Allons la saluer.

Il présenta Sadie à Moira et tous trois s'assirent sur un banc. La jeune femme avait fort à faire pour surveiller Peter et Deirdre.

— Vous avez de quoi vous occuper, Moira, dit Blake.

— Et comment. Je n'ai plus une minute à moi, renchérit la jeune femme en riant.

Lorsqu'ils quittèrent le parc, la petite Deirdre mit sa menotte dans la main de Sadie.

— On dirait que tu t'es fait une nouvelle amie, dit Mr. Blake.

Arrivés devant le cottage des Henderson, Moira les invita à prendre une tasse de café.

Le salon était de la même taille et de la même forme que celui de Mr. Blake mais il était meublé en moderne et les murs étaient couverts de tableaux.

— Quelles jolies peintures, s'écria Sadie.

— Elles sont de Moira, dit Mr. Blake. Elle est peintre.

— Etait, voulez-vous dire, rectifia la jeune femme. Je n'ai plus le temps de toucher un pinceau.

Mr. Blake et Sadie restèrent une heure chez Moira Henderson.

— Quelle femme sympathique, dit Sadie lorsqu'ils furent hors de la maison.

— Je savais qu'elle te plairait.

— J'ai vu un crucifix dans le hall. Serait-elle catholique ? Elle n'en a pas l'air en tout cas.

— Elle l'est en effet, admit Mr. Blake amusé.

— J'aurais cru trouver des images saintes et des statues dans tous les coins.

— Tu as parfois de drôles d'idées, Sadie. Je te signale en outre que le mari de Moira est protestant.

— Ah oui ! Elle a l'air parfaitement heureuse.

— Je crois qu'elle l'est. Oh, je me doute bien que cela ne doit pas être facile tous les jours, mais n'empêche qu'ils semblent avoir admirablement supporté tous les problèmes.

— Je crois que ce doit être moins difficile quand on est issu d'une classe plus aisée que la mienne ou que celle de Kevin. Enfin, je veux dire pour se marier entre protestant et catholique.

— Oui, je sais. Il y a peut-être des gens qui désapprouvent ce genre de mariages dans le quartier mais ce n'est pas pour cela qu'ils vont jeter une bombe sur la maison des Henderson.

— C'est ce qui leur arriverait à coup sûr s'ils vivaient dans ma rue, conclut Sadie.

Sadie pensa sans cesse à Moira et à Mr. Blake pendant tout le trajet de retour. Elle avait passé une journée merveilleuse et se sentait en pleine forme lorsqu'elle poussa la porte de la cuisine.

Son père et sa mère faisaient grise mine.

— Qu'est-ce qui se passe ? demanda Sadie.

— Ce serait plutôt à toi de nous le dire, répliqua son père.

— Ce serait en tout cas plus agréable que de dépendre de Linda Mullet pour être informée à ton sujet, renchérit sa mère.

— Linda Mullet ? dit Sadie en prenant un siège. Qu'est-ce qu'elle est encore venue raconter ?

— Elle nous a dit que tu avais perdu ta place, dit Mr. Jackson.

— Et c'est tout ?

— Comment, c'est tout ? demanda Mrs. Jackson en faisant la moue. Qu'aurait-elle pu dire d'autre ?

— Rien. De toute façon j'ai trouvé une autre place.

Et Sadie leur raconta sa journée chez Mr. Blake.

— C'est une blague, dit Mrs. Jackson. Toi, faire le ménage ? Jamais je ne pourrai croire une chose pareille.

— Il le faudra bien parce que c'est la vérité.

Le lendemain matin, elle s'attaqua aux fenêtres de Mr. Blake et elle frotta les carreaux jusqu'à en avoir mal à l'épaule. Elle prit un peu de recul pour contempler son œuvre.

— Satisfaite de votre travail ?

Sadie sursauta et se retourna pour voir Moira Henderson qui se tenait près de la grille du jardin en compagnie de ses trois enfants.

— Oui, répondit Sadie. Je crois que je peux l'être.

La peau de chamois à la main, Sadie alla jusqu'à la grille pour faire un brin de causette avec Moira.

— J'aimerais pouvoir en dire autant, dit Moira. Mais je ne suis pas assez bonne ménagère pour cela.

— Je suppose que c'est à cause de votre peinture ?

— Je crois que oui et c'est sans doute pour cela qu'elle me manque tant.

— Dites, j'ai pensé à quelque chose en rentrant chez moi hier soir, dit Sadie. D'ici que je trouve un nouvel emploi à temps plein, je pourrais m'occuper de vos enfants l'après-midi et cela vous permettrait de vous remettre à la peinture.

— Sadie, quelle merveilleuse idée ! Il va de soi que je vous payerai.

— Oh ! non.

— Mais si. J'avais d'ailleurs vaguement pensé à engager quelqu'un pour les enfants. Mike voudrait tant que je reprenne mes pinceaux.

Elles scellèrent leur marché par une poignée de mains par-dessus la grille et Sadie se rendit chez les Henderson l'après-midi du même jour. Lorsqu'elle rentra chez elle à l'heure du thé, elle annonça triomphalement qu'elle avait à présent deux emplois.

— J'ai une place de nurse tous les après-midi, annonça-t-elle d'un air dégagé.

— Toi... tu soignes des enfants ? dit sa mère.

— Et pourquoi pas ? J'ai aussi été gosse, non ?

— Je suis sûr que Sadie s'en tire très bien, dit Tommy.

— Sincèrement, Sadie, je ne connais personne qui soit aussi déroutante que toi, déclara Mrs. Jackson en se grattant le crâne entre ses bigoudis.

« Tu ne crois pas si bien dire », pensa Sadie en songeant à Kevin tandis qu'un sourire éclairait son visage. Sa mère remarqua le sourire et fronça les sourcils en se demandant ce qu'il pouvait bien cacher.

Le vendredi, comme prévu, Kevin vint chez Mr. Blake. Sa tête était toujours bandée et il boitait encore légèrement, mais il était nettement en meilleure forme.

— Tu es un autre homme, dit Sadie en lui prenant les mains.

— Je me suis reposé, répondit-il. Chaque fois que je m'éloignais de quelques mètres, ma mère se mettait à hurler. Et toi, qu'est-ce que tu as fabriqué ?

— Je n'ai pas chômé. Attends que je te raconte.

Mr. Blake emmena Jack faire une longue promenade avant le dîner. Sadie et Kevin prirent place sur le divan du salon et la jeune fille raconta sa semaine.

— On dirait que tu as déjà fait connaissance de la moitié du quartier, dit Kevin en riant.

Elle posa sa tête sur son épaule et se sentit pleinement heureuse.

— Ma défaillance près du fleuve aura finalement servi à quelque chose, reprit Kevin. J'étais loin de m'en douter au moment où cela m'est arrivé.

— Mr. Blake est notre porte-bonheur.

— Nous devons être prudents. Il ne faut surtout pas qu'on apprenne ce qu'il fait pour nous.

— Surtout pas, approuva Sadie.

14
A chacun ses ennuis

Le médecin accorda encore une semaine de congé de maladie à Kevin, pour qui les journées étaient interminables. Il se sentait à l'étroit chez lui et la rue n'était même pas un refuge, car du matin au soir, elle appartenait aux commères du quartier et aux jeunes enfants. Kevin était souvent interpellé par l'une ou l'autre bonne femme, mais il ne s'arrêtait que rarement, n'ayant aucune envie de parler.

— Votre Kevin a bien changé, dit Mrs. Kelly, qui était venue rendre visite à Mrs. McCoy. Il y a peu, il était encore d'une nature communicative et toujours prêt à plaisanter.

— Je crois que la raclée qu'il a reçue l'a marqué, répliqua Mrs. McCoy en continuant son repassage.

— On dit qu'il l'a un peu cherché.

— Que voulez-vous dire ?

— Oh ! vous savez... fit Mrs. Kelly, en haussant les épaules.

— Parce qu'il est sorti quelques fois avec une protestante ? C'était peut-être sot de sa part, mais ce n'était tout de même pas un crime. Notre Eglise elle-même ne dit pas que c'est un crime.

— Je n'ai pas prétendu ça, s'empressa de dire Mrs. Kelly. Mais dans l'état actuel des choses... enfin vous voyez ce que je veux dire...

Mrs. McCoy se redressa et se frotta les reins en grimaçant de douleur.

— Ça ne va pas ? demanda Mrs. Kelly.

— Je suis fatiguée et j'ai mal aux reins.

— Reposez-vous quelques minutes, je vais continuer pour vous.

Mrs. McCoy protesta, arguant qu'il lui était impossible de rester assise, les bras croisés, mais Mrs. Kelly lui prit d'autorité le fer des mains pour terminer la chemise qui était sur la planche à repasser. Ce ne fut qu'une fois assise que Mrs. McCoy réalisa à quel point elle était épuisée.

— Je vais vous demander d'appeler une ambulance, Mrs. Kelly. Le moment est venu.

Mrs. Kelly en laissa presque choir le fer.

— Eh ! ne nous énervons pas, dit la mère de Kevin en riant. Après tout c'est mon neuvième et je connais la musique.

— Où est Kevin ? demanda Mrs. Kelly.

— Il est sorti et je ne sais pas à quelle heure il rentrera.

Kevin se promenait dans le parc, en compagnie de Sadie et des deux enfants de Moira. Il avait pris l'habitude d'arriver dans le quartier au milieu de la matinée pour prendre une tasse de café en compagnie de Mr. Blake, avant de rendre quelques menus services à ce dernier.

L'après-midi, il allait avec Sadie chercher les enfants Henderson et il était heureux de pouvoir se promener avec elle sans avoir à se retourner constamment pour surveiller les alentours.

Ce jour-là, lorsqu'il revint chez lui à l'heure du thé, il rencontra Kate.

— Ta mère a eu son bébé, lui dit-elle. C'est une belle petite fille. On t'a cherché tout l'après-midi et comme ils ne t'ont pas trouvé, ils ont été obligés d'aller chercher Brede.

— Je vais rentrer en vitesse.

— Il n'y a plus le feu maintenant que tout est terminé. Dis-moi, qu'est-ce que tu fabriques toute la journée ?

— Pas grand-chose.

— Tu dois tout de même faire quelque chose.

Il haussa les épaules et ralentit son allure, car elle courait à côté de lui, comme un petit chien ne voulant pas quitter son maître d'une semelle.

— Tu n'as vraiment plus beaucoup de temps à consacrer à tes amis, dit Kate.

— Beaucoup ne sont plus mes amis, fit Kevin en touchant le pansement qui lui serrait la tête. Je n'aime pas être battu.

— Ce ne sont sûrement pas tes amis qui ont fait une chose pareille.

— Kate, je sais fort bien qui l'a fait.

— Tu penses à Brian Rafferty ? Il dit que tu ne cesses de l'asticoter et il n'aime pas ça.

— Je me fiche que cela lui plaise ou non.

Ils arrivèrent au dépôt du père Kelly. Elle le retint par le bras.

— Un instant, Kevin. J'ai à te parler.

— Comme tu voudras, dit-il, en soupirant.

— Je suppose que c'est terminé nous deux ? murmura-t-elle, les yeux pleins de larmes.

— Enfin, Kate, ce n'est pas comme si nous avions été fiancés.

— Moi je croyais que c'était sérieux.

— Pas moi, laissa-t-il tomber.

— Tu es méchant et cruel, Kevin McCoy. Je te hais.

— Ecoute, Kate...

Mais déjà elle s'enfuyait en sanglotant. Tant mieux car il n'aurait vraiment plus su que lui dire. Il avait horreur des filles qui pleurent.

Lorsqu'il arriva chez lui, Brede était en train de préparer le dîner. Elle avait obtenu une semaine de congé pour s'occuper de sa famille en l'absence de sa mère.

— Où as-tu été ? demanda-t-elle, en repoussant une mèche de cheveux du dos de la main.

— Tu ne vas pas commencer toi aussi, répondit-il d'un ton irrité.

— On dirait que tu as déjà eu un accrochage.

— J'ai rencontré Kate près de l'arrêt de l'autobus.

— Tu lui as fait de la peine ?

— Comment faire autrement ?

— Je sais, fit Brede. Mais cela pourrait te valoir des ennuis supplémentaires.

— Si tu veux dire par là que je risque de perdre ma place, tu te trompes. Le père Kelly est content de moi parce que je travaille dur et pas parce que sa fille me court après.

Il s'assit et étendit ses jambes, qui le faisaient encore souffrir lorsqu'il marchait trop.

— Kate pourrait éventuellement se venger d'une autre manière, si elle le voulait, insista Brede.

— Qu'elle fasse ce que bon lui semble. Je ne marcherai à aucun chantage.

— Elle fréquente beaucoup Brian Rafferty ces derniers temps.

— Bonne affaire. Ils sont faits pour s'entendre.

— Tu m'as l'air bien amer ce soir.

— J'ai envie d'être seul, c'est tout.

Brede alluma le gaz sous la casserole, puis commença à dresser la table.

— Tu as vu, Sadie ?

Kevin ne répondit pas.

— Sois prudent, Kevin. Tu sais qu'avec moi tu n'as rien à craindre. Tu peux me faire confiance.

— Oui, je sais. Tu es la seule avec Sadie.

Ainsi que Mr. Blake et Moira Henderson, pensa-t-il. Eux aussi sont dignes de confiance.

— Donc, tu la revois ? dit Brede. Note que je m'en doutais. Tu l'aimes, n'est-ce pas, Kevin ?

— La verrais-je encore ? si ce n'était pas le cas.

Leur père entra. Il était d'humeur joviale. Il était passé par le pub pour arroser la naissance de sa fille.

Dès le lendemain, il ne manquerait de bougonner en épiloguant sur les difficultés assaillant un homme qui a neuf bouches à nourrir. Mais pour l'instant, il était heureux et il cajolait les petits à tour de rôle, en leur répétant qu'ils formaient une bien belle famille.

Après le thé, le père et la fille se rendirent à l'hôpital pour voir le bébé, tandis que Kevin restait à la maison pour surveiller le reste de la famille. Il n'avait pas prévu de voir Sadie ce soir-là. La famille Jackson recevait la visite d'un oncle et d'une tante et sa mère avait insisté pour qu'elle restât auprès d'elle à cette occasion.

« Tu parles d'une soirée », avait dit Sadie. Kevin n'avait pu s'empêcher de sourire en l'imaginant en train de faire la conversation avec la visiteuse.

Sadie ne tint pas le coup longtemps. Elle se leva brusquement et déclara :

— Je sors.

Elle avait déjà pris la porte avant que les autres fussent remis de leur surprise. Elle se rendit au café où elle était allée avec Brede. Il y avait peu de monde dans l'établissement. Deux garçons étaient assis dans un coin, tandis que Linda Mullet et Steve en occupaient un autre. Sadie alla commander une tasse de café au comptoir.

— Ça fait une paye que je ne t'ai plus vue, dit le patron.

— J'ai été fort occupée.

Sadie prit son café et alla prendre place à une table. Linda et Steve se levèrent pour la rejoindre.

— On peut s'asseoir ? demanda Linda.

Sadie haussa les épaules.

— Tu n'es pas de sortie avec ton calotin ? dit Linda en jouant avec une mèche de cheveux.

Sadie lui jeta un regard peu amène. Elle était contente que Tommy eût enfin laissé tomber cette peste.

— Pas la peine de faire semblant de tomber des nues, renchérit Linda.

— Si on te le demande, tu diras que ce ne sont pas tes oignons, Linda Mullet, répliqua Sadie en repoussant sa chaise.

— Pas si vite, dit Steve, en tendant le bras pour lui bloquer le passage. Nous voudrions te parler de tes mauvaises fréquentations.

— Tu sais ce qu'elles te disent mes mauvaises fréquentations... aboya Sadie.

— Tu n'es vraiment pas très gentille avec les gens de ton bord, siffla Steve avec un sourire déplaisant.

— Et moi je n'ai besoin de personne pour me dire ce que je peux ou ne peux pas faire. Et maintenant, excusez-moi.

Steve ne retira pas son bras. Il continua de la fixer, tandis qu'elle tentait de le repousser. Le patron sortit de derrière son comptoir et s'avança vers eux.

— Qu'est-ce qui se passe ici ? dit-il, en s'adressant à Steve. Essayerais-tu de jouer au dur dans mon établissement, mon gars ?

L'homme était taillé en athlète et avait pratiqué la lutte dans sa jeunesse.

Steve haussa les épaules, mais retira son bras. Il se leva et renversa volontairement sa chaise.

— Viens, Linda, filons. Nous n'avons plus rien à faire dans cette boîte.

— Ramasse d'abord cette chaise, dit le patron, d'une voix calme.

Steve se dirigea lentement vers la porte, tandis que Linda, terrifiée, hésitait sur la décision à prendre.

— Reviens, répéta l'homme en saisissant Steve à l'épaule. Ramasse cette chaise. Je n'aime pas les gamins qui bousculent mon mobilier.

Steve redressa le siège. Son visage était cramoisi. Avant de quitter le café, il jeta un regard meurtrier à Sadie.

— Voyou, murmura le patron. Tout va bien, Sadie ?

— Ça va, le rassura Sadie, qui aurait fort bien pu se débarrasser de Steve sans son aide.

L'homme l'accompagna jusque sur le pas de la porte pour s'assurer que Steve et Linda ne rôdaient pas dans les environs.

Il était encore trop tôt pour rentrer et elle décida de marcher. Ses pas la portèrent sans qu'elle s'en rendît compte vers le quartier catholique. Elle s'arrêta non loin d'une chicane en fil de fer barbelé au-delà de laquelle vivait Kevin. Elle aurait voulu courir jusqu'à lui, mais c'était impossible.

— Je suis content que maman aille bien, dit Kevin.
— Oh ! pas de problème avec elle, affirma le père.
— Pas plus qu'avec le bébé, ajouta Brede.

Ils buvaient une tasse de thé en grignotant des biscuits lorsque la porte de la rue s'ouvrit et que

retentit la voix d'oncle Albert.
— Vous êtes là ?
— Entre, Albert, cria Mr. McCoy.

Oncle Albert passa la tête dans l'entrebâillement de la porte de la cuisine.

— L'armée perquisitionne dans la rue, annonça-t-il.

Ils se levèrent tous d'un bond.

— Dans NOTRE rue ? demanda Mr. McCoy.
— Exactement.

Ils se rendirent sur le pas de la porte. La plupart des voisins étaient déjà rassemblés devant leurs maisons.

— Qu'ils osent venir fourrer leur nez chez moi, annonça Mr. McCoy.

Il referma la porte et se planta devant, les bras croisés et les jambes écartées.

— Tu ne pourras jamais les en empêcher, dit calmement Brede. De plus, nous n'avons rien à cacher.

Deux voitures blindées et des soldats en tenue kaki apparurent à l'extrémité de la rue.

— J'ai entendu dire qu'ils avaient été renseignés, dit oncle Albert. Ah ! ces mouchards, quelle engeance !

— Ils espèrent donc trouver quelque chose, conclut Brede.

— Ils ne trouveront rien, affirma son père. Ils ont probablement décidé cette opération parce qu'ils n'avaient rien de mieux à faire ce soir.

Kevin ne dit rien. Il les quitta sans bruit et se dirigea vers l'extrémité de la rue. Les premières maisons avaient déjà été visitées et les soldats n'avaient rien trouvé. Des femmes disaient leur façon de penser aux militaires, tandis que des jeunes filles leur criaient des obscénités. Les soldats poursuivaient leur mission comme s'ils étaient sourds.

Encore une maison sans résultat. Plus qu'une habitation avant celle des Rafferty. Kevin chercha dans la foule. Pas de trace de Brian ni de son père. Mrs. Rafferty, quant à elle, était à son poste devant sa porte et si sa langue avait été une mitraillette, elle aurait infligé de lourdes pertes aux troupes britanniques.

15
Le suspect

Après leur avoir dit ce qu'elle avait sur le cœur, Mrs. Rafferty céda le passage aux soldats.

— Allez-y, puisque vous tenez tellement à perdre votre temps, bande de corniauds, leur cria-t-elle.

Brian vint rejoindre Kevin et attendit les événements en mastiquant de la gomme.

— Tu n'es pas inquiet ? demanda Kevin à voix basse.

— Pourquoi le serais-je ?

— C'est à toi de le savoir.

Brian rit doucement.

Les soldats restaient plus longtemps chez les Rafferty que dans les autres maisons et Kevin eut l'impression qu'on les avait renseignés.

— On ne peut plus avoir confiance en personne de nos jours, dit Brian, en hochant la tête. On ne sait vraiment plus à qui se fier, tant il y a d'indicateurs.

— J'espère que ce n'est pas à moi que tu penses,

dit Kevin à voix basse. Je suis contre tes trucs, mais je n'irais tout de même pas te dénoncer.

— Et tu espères que je vais te croire ? dit Brian, en crachant sa gomme dans le caniveau.

— Crois ce que tu veux. Je ne m'intéresse pas à ce que pensent les lâches.

— Les lâches ? fit Brian, en se retournant les yeux brillant de colère.

— Tu as bien entendu. Quand on se met à trois pour taper sur un type, on est une belle bande de dégonflés.

A ce moment, les soldats sortirent les mains vides de chez Rafferty.

— Alors, satisfaits ? demanda Mrs. Rafferty.

Les soldats ne répondirent pas ; ils passèrent à la maison suivante. Brian éclata de rire, d'un rire sonore et triomphant qui attira l'attention de sa mère.

— Ah ! te voilà, toi, cria-t-elle. Où est ton père ? S'il avait été ici, ces bons à rien auraient vu de quel bois il se chauffe. Allons, rentre dîner.

— Obéis à ta maman, murmura Kevin moqueur.

Brian jura tout bas.

— Viens immédiatement, dit encore Mrs. Rafferty d'un ton sans réplique, et son fils obéit.

Les soldats continuèrent leurs fouilles maison par maison et arrivèrent finalement chez les McCoy.

Mr. McCoy et oncle Albert discutèrent pendant un moment, pour la forme, tandis que Brede leur conseillait de rester calmes.

Au milieu de la foule houleuse, l'attitude des soldats restait digne. Ce genre de mission était des plus délicates et ils savaient que le moindre écart de leur part risquait de mettre le feu aux poudres.

Ils fouillèrent la maison des McCoy sans dire un mot et ne trouvèrent rien. Kevin poussa un soupir de soulagement en les voyant partir. Il n'avait rien à se reprocher, mais l'idée que Brian Rafferty aurait pu cacher son revolver dans leur jardin ou sous l'escalier ne l'avait pas quitté pendant toute la perquisition. La chose aurait été facile, puisque leur porte n'était jamais verrouillée pendant la journée.

Les militaires quittèrent la rue sous les quolibets, les insultes et une volée de pierres.

— Ils n'ont que ce qu'ils méritent, déclara Mr. McCoy.

Lorsque les esprits furent calmés, Kevin déclara qu'il allait se coucher. Etendu sur son lit, il écouta les commentaires qui lui parvenaient de l'extérieur. Il reconnaissait chaque voix pour les avoir écoutées pendant dix-huit ans. Il était sur le point de s'endormir lorsqu'il entendit de nouveau le bruit caractéristique des véhicules blindés s'arrêtant dans la rue. Quoi encore ? se demanda-t-il.

Les voitures avaient fait halte juste devant leur maison. Il y eut un martèlement de pas, des bruits de voix. Kevin s'appuya sur un coude et fronça les sourcils. Gerald courut à la fenêtre.

— Il y a des soldats devant notre porte, dit-il.

L'enfant se pencha au-dehors, en faisant mine de tenir une mitraillette et de tirer dans le tas.

— Suffit, Gérald, dit Kevin.

Il rejeta les couvertures et alla rejoindre son jeune

frère. Il vit son père qui s'entretenait avec un officier.

— Vous êtes complètement fou, disait Mr. McCoy. Vous devriez aller vous faire examiner.

La porte de la chambre s'ouvrit sans bruit et Brede entra.

— C'est pour toi qu'ils viennent, Kevin, murmura-t-elle.

— Pour moi ? Mais qu'est-ce... ?

Oncle Albert apparut à son tour et écarta Brede.

— Viens, mon garçon, je vais te faire passer par-dessus le mur du jardin pendant que ton père leur fait la conversation.

— Qu'est-ce que cela veut dire ? demanda Kevin ahuri.

— C'est toi qu'ils cherchent.

— Mais je n'ai rien fait. Je ne vais tout de même pas me sauver en pyjama à cette heure de la nuit.

— Cela vaut mieux que d'aller en prison, affirma oncle Albert.

De toute manière, les soldats étaient déjà dans la maison. Kevin s'habilla.

— Ne t'en fais pas, dit-il à Brede. Il doit y avoir une erreur. Je n'ai été mêlé à aucune histoire dangereuse.

— Kevin, appela Mr. McCoy dans l'escalier.

— Je viens.

— Ne t'en fais surtout pas, mon garçon, dit le père. Nous te sortirons de là d'une manière ou d'une autre.

— Nous reparlerons d'arranger les choses quand nous saurons ce qu'ils me veulent, dit Kevin.

Il y avait trois militaires dans le salon. Sur la table,

une boîte, celle que Kevin avait vue sous le lit de Brian Rafferty. Il ferma à demi les yeux.

— Je vois que tu la reconnais, dit l'officier.

— Sûrement pas, intervint Mr. McCoy.

— J'aimerais que vous laissiez parler votre fils, Mr. McCoy, reprit l'officier en se tournant vers Kevin. Sais-tu ce qu'il y a dans cette boîte ?

— Non, murmura Kevin.

L'officier ouvrit la boîte pour qu'ils puissent voir le revolver et les munitions.

— Vous n'avez sûrement pas trouvé cette boîte chez moi, déclara avec force Mr. McCoy. Et vous ne vous en sortirez pas en essayant de prouver le contraire.

— Je n'ai jamais rien affirmé de tel, dit l'officier en continuant de fixer Kevin. Nous l'avons trouvée dans le dépôt de ferrailles de Kelly.

— Et en quoi cela nous concerne-t-il ? demanda Mr. McCoy.

— C'est bien là que votre fils travaille ?

— Il y a plus de deux semaines qu'il ne travaille pas. Il a été attaqué par une bande de voyous et sérieusement blessé. D'ailleurs, voyez vous-même.

— Tu possèdes une clé du dépôt ? demanda l'officier à Kevin.

— Oui.

— Qu'est-ce que cela prouve ? dit Mr. McCoy.

— Rien, tonna oncle Albert. Rien de rien. Le vieux Kelly doit bien avoir une douzaine de clés du dépôt.

— Et la plupart du temps, il n'est même pas fermé, renchérit Mr. McCoy. Et s'il l'était, n'importe qui pourrait encore passer par-dessus le mur.

Kevin restait muet. Il avait l'impression que ses lèvres étaient gelées et qu'il vivait un cauchemar au cours duquel il aurait perdu l'usage de la parole. Son silence allait le perdre.

— Nous avons tout lieu de croire que c'est votre fils qui a caché cette boîte dans le dépôt, Mr. McCoy, dit l'officier.

— Dites plutôt que vous croyez à ce qui vous arrange.

— Qu'as-tu à dire ? demanda l'officier à Kevin.

— Je ne suis au courant de rien, dit Kevin en s'humectant les lèvres.

— On t'a vu entrer dans le dépôt avec cette boîte.

— Vu ? s'écria Kevin en retrouvant brusquement l'usage de la parole sous l'empire de la colère. Qui ?

— Nous en parlerons à mon bureau, cela vaudra mieux. Je te signale tout de même que nous avons un témoin.

— Un témoin ? dit Brede dont la voix douce surprit le militaire.

— J'estime que nous avons le droit de savoir de qui il s'agit, s'interposa Mr. McCoy.

— Il vaut mieux pas. Nous voulons éviter des représailles.

— Il ne s'agirait pas de Kate Kelly par hasard ? suggéra Brede.

L'officier sursauta.

— Je vois que j'ai visé juste, dit Brede.

— Comment avez-vous su ?

— Disons qu'il s'agit d'une intuition féminine.

— Pour l'intuition, vous pouvez leur faire confiance à sa mère et elle, affirma Mr. McCoy. Alors c'est cette petite mijaurée de Kate Kelly qui vous a raconté cette histoire à dormir debout ?

— Nous devons encore vérifier s'il s'agit d'un mensonge ou non. Elle a mis beaucoup de mauvaise volonté à révéler le nom de votre fils...

Il s'interrompit parce que Kevin venait d'éclater d'un rire moqueur.

— ...mais il fallait qu'elle protégeât son père, poursuivit l'officier. Après tout, c'est chez lui que la boîte a été retrouvée et cela aurait pu lui causer des ennuis.

— C'est donc sa parole contre la mienne, dit Kevin. Eh bien, je suis prêt à vous accompagner à votre bureau pour être confronté avec elle. Mettez-la en face de moi et vous verrez qui dit la vérité.

— Je ne sais pas si ce sera possible. Elle était bouleversée.

— Vous m'en direz tant, dit Kevin d'un ton sarcastique.

— Vous ne pouvez rien prouver, dit Mr. McCoy. D'ailleurs, je vous accompagne.

Brede veilla toute la nuit en compagnie d'oncle Albert en attendant leur retour. Les premiers oiseaux se mirent à chanter et toujours aucune nouvelle du père et du fils.

— Ils n'ont aucune preuve, répéta oncle Albert, pour la centième fois.

— Je vais aller voir ce qui se passe là-bas, déclara Brede, lorsque la pendulette de la cuisine sonna sept heures.

— Je t'accompagne, Brede.

— Non. Restez ici au cas où les petits auraient besoin de vous, oncle Albert.

Elle savait qu'il dormirait à poings fermés à son retour, car ses yeux se fermaient déjà au moment où elle quittait la cuisine.

Elle courut d'une traite jusqu'au bureau de police, où elle arriva hors d'haleine. Elle demanda au sergent de garde si elle pouvait parler à l'officier qui avait arrêté son frère aux fins de l'interroger. L'homme sortait précisément d'un bureau et reconnut immédiatement Brede.

— Puis-je vous parler un moment ? demanda Brede.

Il acquiesça et vint la rejoindre.

— C'est au sujet de Kate Kelly. Il faut que vous sachiez qu'elle en voulait à mon frère. Voyez-vous, ils étaient presque fiancés et Kevin a rompu. De ce fait, je doute que vous puissiez considérer Kate Kelly comme un témoin impartial.

— Peut-être pas, dit l'officier, avec un sourire amusé. En fait, je me suis déjà demandé s'il ne s'agissait pas d'une histoire de ce genre. Comme votre frère continuait d'affirmer qu'il n'était pour rien dans cette affaire, j'ai revu la jeune fille.

— Je suis sûre que Kevin n'a pas caché cette boîte dans le dépôt.

— Qui aurait pu le faire à votre avis ?

Brede fit un signe de dénégation.

— Et même si vous le saviez, vous ne me diriez rien, n'est-ce pas ?

— C'est-à-dire que... Je ne sais pas. De toute manière, comme je ne sais rien, je ne peux rien vous dire. Vous allez libérer mon frère ?

— Nous ne pouvons pas le retenir. Je crois qu'il sait quelque chose, mais qu'il ne veut rien dire. Personne ne nous dit jamais rien. Attendez quelques instants ici et vous pourrez rentrer avec votre père et votre frère.

— Non. Il vaut mieux pas. Je préfère qu'il ne sache pas que je vous ai parlé de Kate Kelly.

— Comme vous voudrez.

— Merci.

Brede fila retrouver oncle Albert, qui ronflait. Il se réveilla en sursaut au moment où Brede pénétrait dans la cuisine.

— Que se passe-t-il ?

— Tout va bien. Papa et Kevin ne vont pas tarder à arriver.

Ils rentrèrent effectivement quelques minutes plus tard. Mr. McCoy avait beaucoup à dire au sujet de la police, de l'armée anglaise, des délateurs, de l'injustice, des politiciens, de la frontière, de l'Angleterre... Oncle Albert acquiesçait de temps en temps, mais ne parvenait pas à placer un mot. Kevin déjeuna de bon appétit, mais en silence et le regard sombre. Il n'écouta même pas ce que son père disait. La lueur mauvaise qui brillait dans son regard fit peur à Brede.

Il se leva.

— Tu vas te coucher, Kevin ? demanda Brede. Quelques heures de sommeil ne te feront pas de mal.

— Je n'ai pas envie de dormir.

Le son de sa voix lui déplut tout autant que son regard.

— Mais tu as l'air crevé, insista-t-elle.
— Je sors.

Et il prit la porte la tête enfoncée dans les épaules.

— Kevin, sois prudent, cria encore Brede de plus en plus mal à l'aise. P'pa, Kevin me fait peur, ajouta-t-elle.

— Tu es exactement comme ta mère. Tu dois toujours te faire du souci à propos de quelque chose.

— Je crois qu'il est parti à la recherche de celui qui l'a dénoncé.

— Kate Kelly ?
— Non, pas elle.
— Qui alors ? Est-ce que par hasard il saurait qui a caché la boîte chez Kelly ? s'enquit le père.

Brede haussa les épaules en rougissant. Elle fit couler de l'eau froide pour faire la vaisselle.

— Le connais-tu, Brede ? demanda son père.
— Moi ? Comment le connaîtrais-je ? Je vais voir si le laitier est déjà passé.

Arrivé sur le pas de la porte, elle aperçut encore Kevin qui marchait lentement comme quelqu'un qui erre sans but. Lorsqu'il passa devant la maison des Rafferty, elle le vit tourner la tête et fixer un instant la maison. Elle soupira et rentra.

Kevin tourna le coin de la rue et continua à marcher jusqu'à une allée qui passait entre deux blocs de maisons. Il y pénétra et s'adossa au mur. Le soleil matinal réchauffa son visage. Brian Rafferty n'allait pas tarder à passer pour se rendre à son travail.

16
Les menaces

« On vous aura prévenu », lut Mr. Blake.

— Tu entends cela, Jack, dit-il en agitant la lettre qu'il tenait à la main. On m'a prévenu. Voilà ce que j'en fais des lettres anonymes.

Il y mit le feu et la jeta dans l'âtre. Il la regardait se consumer lorsque le timbre de la porte de rue retentit. Il consulta sa montre. Il était encore un peu tôt pour que ce soit Sadie.

Il ouvrit la porte et Kevin lui tomba presque dans les bras. Mr. Blake le soutint et constata qu'il y avait du sang sur sa chemise.

— Désolé, dit Kevin. On dirait que j'ai pris l'habitude de m'évanouir dans vos bras.

Mr. Blake le traîna plus qu'il ne le soutint jusqu'au divan du salon.

— Cela va déjà mieux, dit Kevin. C'est moins grave que cela en a l'air.

— Tu as du sang sur toi.

— Ce n'est pas le mien.

— A qui est-il alors ?

— C'est le sang d'un type nommé Rafferty. Brian Rafferty. Je vous ai parlé de lui, vous vous souvenez ?

— Celui qui cachait un revolver dans sa chambre ?

Kevin acquiesça. Il raconta à Mr. Blake ce qui s'était passé au cours de la nuit et comment il avait attendu Brian Rafferty dans l'allée pour lui rendre la monnaie de sa pièce.

— J'étais déchaîné, continua Kevin. Je ne me serais jamais cru capable d'une chose pareille. Vous pensez que je n'aurais jamais dû agir de la sorte, n'est-ce pas ?

— Je comprends ce qui t'a poussé à le faire, Kevin.

— Mais vous estimez quand même que j'ai mal agi ?

— Je suis contre toute forme de violence, dit Mr. Blake, en allumant sa pipe. Mais dans un cas pareil, c'est ce que toi tu penses qui importe.

— Je ne sais plus ce que je pense, dit Kevin, en s'allongeant sur le divan. Je me sens mal. Je me sentais mal lorsque j'ai contemplé Rafferty allongé sur le sol. Non parce que je me faisais du souci pour lui, mais parce que je voulais lui faire mal à mon tour. J'ai eu envie de le tuer et lorsque je l'ai vu inconscient, j'ai regretté de l'avoir frappé. Pouvez-vous comprendre cela ?

— Parfaitement.

— J'ai peut-être agi stupidement. Je n'en sais plus rien. De toute manière, il a eu ce qu'il méritait.

— Tu lui as peut-être infligé une juste punition, mais te donne-t-elle vraiment satisfaction ?

La sonnerie retentit.

— Ce doit être Sadie, dit Mr. Blake. J'y vais. Est-ce que je lui en parle ?

— Oui, dit Kevin en fermant les yeux.

Mr. Blake emmena Sadie à la cuisine pour lui raconter les événements de la nuit. Il dut s'interrompre à plusieurs reprises devant les explosions de colère de Sadie. Ah ! si elle pouvait mettre la main sur Kate Kelly, elle en ferait du hachis. Par contre, lorsqu'elle apprit que Kevin avait copieusement rossé Brian, elle ne cacha pas sa satisfaction.

— Il avait besoin d'une bonne leçon, commenta-t-elle.

— J'ai l'impression que Kevin en a aussi tiré une leçon, dit Mr. Blake, en lui parlant de la réaction de Kevin.

— Pourquoi tous ces regrets ? demanda-t-elle. Rafferty ne l'a-t-il pas dénoncé après l'avoir battu avec l'aide de deux autres voyous ?

— Je sais. Et Kevin aussi le sait. Mais à quoi cela mène-t-il ? A verser encore plus de sang...

Sadie se mordit les lèvres.

— D'accord, dit-elle. Mais il ne pouvait pas laisser Rafferty s'en tirer à si bon compte.

— Ce n'est pas au sujet de Rafferty que je me fais du souci. C'est à propos de Kevin. Il est très malheureux. Fais-lui une bonne tasse de thé, Sadie, cela le remontera.

Elle obtempéra et alla porter la tasse fumante à Kevin qui l'accueillit avec un pâle sourire.

— Je dois être beau à voir, dit-il.

— Peu importe, puisque tu es là. Allons, bois ce thé et tu te sentiras mieux. Après quoi, tu vas aller te coucher sur le lit de Mr. Blake et te reposer.

— Tu es plutôt du genre commandant ce matin.

— Avec toi, il y aurait intérêt à l'être de temps en temps.

Sa main tremblait tellement qu'elle dut tenir la tasse pendant qu'il buvait.

— Tu as raison, je suis vanné, dit-il.

Pendant qu'il dormait, elle lava sa chemise pour faire disparaître le sang de Brian Rafferty. Elle alla ensuite la pendre au soleil pour qu'elle sèche plus rapidement. Mr. Blake vint la rejoindre.

— J'espère qu'il n'a pas tué Rafferty, dit-elle.

— C'est peu probable. Il faut beaucoup pour tuer un homme.

— Pas toujours, dit Sadie. Cela se passe parfois en un éclair.

— Avec une arme à feu ou un couteau, oui.

— Kevin n'avait pas de couteau, n'est-ce pas ? s'inquiéta-t-elle. Il n'aurait tout de même pas pris un couteau ?

— Que racontes-tu là ? Tu le connais pourtant mieux que moi.

— Non, je ne pense pas qu'il aurait fait une chose pareille.

— Pour changer de conversation, j'ai une proposition à vous faire, dit Mr. Blake. Si nous allions à la campagne demain ? Cela nous ferait du bien, non ?

— Quelle bonne idée, s'écria Sadie, ravie.

Kevin dormit tout le matin et une bonne partie de

l'après-midi. Sadie jeta un coup d'œil dans la chambre avant d'aller chez Moira Henderson et fit de même en revenant, mais il dormait toujours aussi profondément.

— Il dort comme un ange, dit-elle, à Mr. Blake.

— C'est encore le meilleur des remèdes en ce qui le concerne. Laisse-le se reposer, Sadie.

Elle décida donc de rentrer sans le réveiller. Lorsqu'elle descendit de l'autobus, elle vit Tommy qui sortait de chez le droguiste du quartier portant une bouteille sous le bras. Il l'aperçut et l'attendit.

— Sais-tu ce que c'est ? demanda-t-il.

Elle renifla.

— On dirait de la térébenthine.

— Bonne réponse. Viens, je vais te montrer à quoi elle va servir.

— Pourquoi tout ce mystère ?

— Viens et tu verras.

Ils tournèrent le coin de la rue et Tommy indiqua le mur aveugle de leur maison. Sous l'effigie du roi Guillaume quelqu'un avait écrit : UN **TRAITRE VIT ICI**.

— Bonté divine, s'écria Sadie en mettant les mains aux hanches.

— Comme tu dis, dit Tommy. Si nous n'effaçons pas ça rapidement, j'en connais deux qui vont avoir une attaque.

Il jeta un chiffon à Sadie.

— Allons-y, dit-il.

— J'ai dans l'idée que je sais à qui nous devons ça, dit Sadie, en s'attaquant au mot « traître ».

— A qui nous devons quoi ? demanda son père.

— Tu m'as fait une de ces peurs, dit Sadie, qui avait laissé tomber le chiffon de saisissement.

— Qu'est-ce que vous fabriquez encore vous deux ?

— Des voyous sont encore venus écrire sur notre mur, répliqua Sadie, qui avait repris ses esprits.

— Ecrire quoi ? insista Mr. Jackson.

— Un tas de cornichonneries comme d'habitude.

Sadie avait déjà effacé trois lettres et son père regardait les quatre restantes.

— C'était tellement mal écrit qu'on savait à peine lire, renchérit Tommy, en travaillant comme un forcené.

— Des gamins sans doute, ajouta Sadie.

Mr. Jackson marmonna quelque chose d'indistinct et tourna le coin pour rentrer chez lui. Sadie se laissa aller contre le mur.

— Ouf ! fit-elle. Il était temps.

— Ne te fais pas d'illusions, dit Tommy. Il a fort bien déchiffré le mot. Je voudrais que tu cesses de voir Kevin avant qu'il nous arrive des ennuis sérieux.

— Je n'ai pas l'intention de rompre avec lui. Tu ne crois tout de même pas que je vais le laisser tomber aussi vite ?

Tommy soupira et versa un peu de térébenthine sur son chiffon.

Le lendemain matin, Sadie se leva en même temps que sa mère.

— Je vais travailler plus tôt aujourd'hui, dit-elle. Je rentrerai plus tard aussi.

— Que se passe-t-il ? demanda Mrs. Jackson.

— Nous allons faire le grand nettoyage de printemps.

— En juillet ?

— Peu importe le mois. Il faut que ce soit fait.

Mrs. Jackson hocha la tête tout en faisant frire des œufs. Tommy entra en bâillant, pendant que Sadie se peignait les cheveux en fredonnant un air à la mode.

— Je t'ai déjà demandé cent fois de ne pas te peigner à la cuisine, dit Mrs. Jackson, en servant des œufs brouillés à Sadie, qui ne répliqua pas, sachant que sa mère se peignait toujours devant ce même miroir qu'elle avait placé là à cet effet.

Sadie mangea rapidement et se leva avant que Tommy fût servi. Elle évita de regarder son frère.

— Qu'est-ce qui te fait sourire ? demanda Mrs. Jackson à sa fille. Je n'aurais jamais cru que la perspective d'un grand nettoyage de printemps aurait pu te réjouir à ce point.

— Je souris parce que nous allons avoir une belle journée, c'est tout, répliqua Sadie.

Lorsqu'elle sortit, elle ne passa pas devant le mur aveugle de leur maison. Elle prit la direction opposée et ne vit pas que le mot « TRAITRE » avait été repeint.

Mr. Blake avait déjà sorti la voiture du garage lorsqu'elle arriva. Le véhicule était propre et net. Kevin l'avait nettoyé deux jours plus tôt.

— Bonjour, Sadie, dit joyeusement Mr. Blake toujours de bonne humeur.

Elle se rendit immédiatement à la cuisine pour y préparer le pique-nique qu'ils devaient emporter. Lorsque Kevin arriva elle se précipita à sa rencontre.

— Comment va Rafferty ? demanda-t-elle immédiatement.

— Il vit.

— Encore heureux.

— J'ai entendu dire qu'il était assez sonné. On a dû lui mettre quelques points de suture et il a pris le lit.

Ses amis, à elle, n'étaient pas au lit et n'étaient pas manchots, mais elle préféra n'en rien dire à Kevin pour ne pas gâcher cette belle journée. Kevin lui dit qu'il avait passé une excellente nuit et qu'il se sentait beaucoup mieux.

Ils chargèrent la voiture pendant que Mr. Blake allait chercher ses cartes routières. Ils avaient décidé de partir à l'aventure au gré de leur fantaisie.

— Vous en avez de la chance, dit Moira Henderson qui s'était approchée.

— Désolé de ne pouvoir vous emmener avec les enfants, Moira, dit Mr. Blake. La voiture est trop petite et je vous vois mal voyager sur le toit.

Ils partirent dans un joyeux brouhaha, salués par Moira et ses enfants qui agitèrent leurs petites mains jusqu'à ce que la voiture eut disparu.

— J'ai envie de filer vers le nord, dit Mr. Blake. Du côté d'Antrim, peut-être ?

— Où vous voudrez, dit Sadie, en glissant sa main dans celle de Kevin.

Ils prirent la route qui longeait la mer verte mouchetée de blanc.

Soudain, Mr. Blake poussa une exclamation.

— Que se passe-t-il ? demanda Kevin, en se penchant en avant.

— Je ne sais pas au juste. J'ai senti la voiture tanguer. Voilà que cela recommence. Je me demande si nous n'avons pas un pneu plat. Je vais arrêter pour voir.

Mr. Blake tourna légèrement le volant et la voiture fit une brusque embardée puis traversa la route. Il ne s'agissait pas d'une crevaison, mais d'une roue avant qui s'était purement et simplement détachée et qui poursuivait sa course folle sans plus se soucier de la voiture.

17
Les suites d'un attentat

La voiture s'était écrasée contre le parapet de la digue. Deux automobilistes qui avaient vu l'accident s'arrêtèrent immédiatement pour porter secours aux passagers du véhicule endommagé. Le chien aboyait à mort et tremblait de peur. Ce fut Sadie qui parvint à s'extraire la première de la voiture, suivie par Kevin. Aidés par les secouristes bénévoles, ils sortirent Mr. Blake et l'étendirent sur le bord de la route. Il était étourdi et ne pouvait tenir sur ses jambes.

Une voiture de police ne tarda pas à arriver et un agent demanda immédiatement une ambulance.

— Je vais bien, répétait Mr. Blake.

— Il est tout de même préférable qu'on vous fasse examiner par un médecin, dit le sergent.

Sadie et Kevin s'en tiraient avec quelques ecchymoses. Mr. Blake avait heureusement gardé son sang-froid et réduit autant que possible la vitesse du véhicule. De ce fait, le choc ne fut pas trop brutal.

— Vous avez de la chance, reprit le sergent. Ce n'est pas tous les jours qu'on s'en tire à si bon compte quand on perd une roue.

— Je n'y comprends rien, dit Mr. Blake. Comment peut-on perdre une roue ?

— Quelqu'un l'aura probablement mal fixée, expliqua le sergent. Nous vérifierons cela au garage.

— Il y a des mois qu'on n'a pas touché à cette roue, dit Mr. Blake.

— N'y pensez plus pour l'instant, conseilla Sadie.

On les emmena à l'hôpital le plus proche, où le médecin confirma qu'ils n'avaient rien de cassé. Il conseilla seulement à Mr. Blake de prendre quelques jours de repos.

— Après tout, vous n'avez plus vingt ans, ajouta le praticien. Vous êtes légèrement commotionné, mais à part cela, vous vous portez comme un charme.

Ils regagnèrent Belfast en taxi et Sadie insista pour que Mr. Blake se mit tout de suite au lit. Il obéit à sa jeune amie et s'endormit aussitôt.

Le lendemain matin, il reçut la visite de deux inspecteurs en civil. Ils présentèrent leur carte à Sadie et Kevin. Ces derniers s'interrogèrent du regard, puis allèrent chercher Mr. Blake, qu'ils installèrent dans un fauteuil au salon.

— Je suppose que vous venez au sujet de l'accident, dit Mr. Blake.

— Ce n'est pas un accident, dit un inspecteur, pendant que son collègue prenait des notes.

— Pas un accident ? s'écria Kevin.

— Non. En examinant la voiture on a constaté que les boulons de TOUTES les roues avaient été dévissés. Vous deviez donc immanquablement perdre une ou plusieurs roues après un certain temps.

Sadie serrait les mains à s'en faire blanchir les jointures. Elle pensait à Steve. Aurait-il été capable de faire une chose pareille ? Serait-il allé jusqu'à vouloir la tuer ? Elle n'en savait rien. Elle le connaissait depuis longtemps. Ils avaient joué ensemble étant gosses, mais elle ignorait de quoi il était capable.

A côté d'elle, Kevin se tenait le front. Il pensait à Brian Rafferty. Brian aurait-il eu le cran de venir desserrer tous ces boulons en espérant provoquer la mort d'une ou plusieurs personnes ? Non, il n'aurait pas fait une chose pareille. De plus, il était au lit. Mais il aurait pu envoyer ses copains, les deux qui lui avaient prêté main-forte pour le passer à tabac. Kevin ne savait pas qui ils étaient. Il n'avait fait qu'entrevoir leurs visages et ils n'avaient pas dit un mot au cours de la lutte.

Mr. Blake prit sa pipe, l'alluma et exhala un nuage de fumée bleu. Il pensait, quant à lui, aux lettres de menace qu'il avait reçues quatre jours d'affilée. « On vous aura prévenu » ... Certains écrivaient de telles lettres sans agir, mais d'autres passaient à l'action.

L'inspecteur les dévisagea à tour de rôle.

— Avez-vous une idée de la personne qui aurait pu faire une chose pareille ? demanda-t-il.

— Non, dit vivement Sadie. Enfin, je veux dire que je me demande encore qui a pu commettre délibérément ce sabotage.

— C'est ce que j'essaye de savoir, reprit le policier. Et vous, Mr. Blake, aucune idée ?

— Je ne connais personne qui veuille me tuer, répondit le professeur en hochant la tête.

— Pas d'ennemis ?

— Pas que je sache.

— Quelqu'un doit pourtant vous en vouloir à propos de quelque chose. Etes-vous affilié à un parti politique ou à une organisation quelconque ?

— Non. Ce n'est pas mon genre.

— Et vous deux ? poursuivit l'inspecteur en se tournant vers Sadie et Kevin. Faites-vous partie ou avez-vous fait partie d'une organisation ?

— J'ai été girl guide, dit Sadie.

— Et toi ? dit l'homme en s'adressant à Kevin.

Kevin fit un signe de dénégation.

— Il s'agit peut-être d'une bande de voyous qui s'en sont pris à ma voiture par hasard, dit Mr. Blake.

— C'est fort peu vraisemblable. Votre voiture se trouve habituellement dans votre garage la nuit ?

Mr. Blake acquiesça.

— Une ou plusieurs personnes se sont donné beaucoup de mal pour y pénétrer et desserrer les boulons de TOUTES les roues en prenant bien soin de ne laisser aucune trace de leur passage. Ce n'est pas du travail de voyous.

— On dirait que nous nageons en plein mystère, commenta Mr. Blake.

— Et nous avons l'intention de l'éclaircir. Vous pouvez vous estimer heureux d'en être sortis vivants.

Nous aurions fort bien pu être à la recherche de meurtriers ce matin.

Sadie se sentait mal à l'aise. Devait-elle lui parler de Steve ? Mais pour lui dire quoi ? Elle n'avait aucune preuve et ne savait même pas si c'était lui le coupable.

Kevin avait les mêmes pensées au sujet de Rafferty et de sa bande. Fallait-il les dénoncer ? Mais il faudrait alors avouer que Brian n'aurait pu quitter sa chambre et que l'identité de ses copains lui était inconnue.

Mr. Blake songeait toujours aux lettres anonymes, mais estima qu'il était inutile d'en parler puisqu'il les avait brûlées. De plus, il ne voulait pas alarmer inutilement Sadie et Kevin.

Ils restèrent donc tous trois silencieux sous le regard interrogateur de l'inspecteur de police.

— Je crois, dit finalement ce dernier, qu'il serait utile que j'établisse les liens qui vous unissent tous les trois.

— Facile, rétorqua Mr. Blake. Sadie s'occupe de mon ménage tous les matins et Kevin est un ami.

— Le vôtre ou celui de Sadie ?

— Des deux.

— Je vois. Bon, notons à présent quelques détails.

Le deuxième inspecteur inscrivit dans son calepin le nom, l'adresse, l'âge et la profession de Mr. Blake. Puis ce fut au tour de Sadie de lui fournir les renseignements demandés.

— Parfait, dit le policier. A vous maintenant, ajouta-t-il en se tournant vers Kevin.

Lorsque Kevin donna son adresse, l'inspecteur arrêta d'écrire. Il relut le nom de la rue de Sadie, puis celui de Kevin.

— Voilà une information que vous auriez pu me donner plus tôt, déclara-t-il.

— Vous ne nous aviez rien demandé, dit Sadie. Je ne vois d'ailleurs pas en quoi cela peut être intéressant.

— Ah, vous croyez ? Vous m'avez dit que vous étiez amis ? Les gens de votre quartier ont-ils beaucoup d'amis dans le sien ?

— Eh bien, pas que je sache.

— Est-ce que votre famille est au courant de cette... hum... amitié ?

— Plus ou moins.

— Et la vôtre ? demanda l'inspecteur à Kevin.

— Je n'en suis pas sûr.

— Qu'est-ce que vous essayez d'insinuer ? éclata Sadie. Que sa famille ou la mienne auraient voulu nous tuer pour nous empêcher de nous voir ?

— Pas le moins du monde, mais certaines familles sont capables du pire lorsque la colère les aveugle.

— Chez moi, personne ne ferait une chose pareille, s'écria Sadie indignée.

— Chez moi non plus, renchérit Kevin.

— Et les voisins ?

Il poursuivit son interrogatoire pendant une heure, leur demandant qui étaient leurs amis et où ils habitaient. Sadie évita de mentionner Steve, et Kevin « oublia » Brian Rafferty.

— Je vous répète que ce sont des amis, dit Sadie.

Vous n'allez tout de même pas leur faire subir un interrogatoire ?

— C'est peu probable. Je me contenterai d'abord de vérifier le fichier pour voir s'il n'y a aucun fauteur de troubles parmi eux. Si nous parlions de vos ennemis maintenant.

Kevin haussa les épaules.

— Vous ne vous êtes jamais bagarré avec personne ? insista le policier.

— Oh, vous savez, juste des empoignades de gamins.

— Vous avez la tête bandée. Est-ce à la suite d'une bagarre ? Quand cela s'est-il passé et où ?

Kevin lui raconta qu'il avait été attaqué par trois voyous qu'il ne connaissait pas.

— Voudriez-vous vraiment que j'avale ça ?

— Je n'y peux rien, si c'est la vérité, dit nerveusement Kevin.

Celui qui paraissait être le chef et qui avait mené l'interrogatoire, décida finalement de prendre congé du trio. Il déclara qu'il préférait en rester là pour le moment, mais qu'il reviendrait sûrement.

— Je vous raccompagne jusqu'à la grille, dit Mr. Blake.

— Vous croyez que vous y arriverez, Mr. Blake ? demanda Sadie.

— Bien sûr. Ne t'en fais pas pour moi et préparenous plutôt une bonne tasse de thé.

— Je suppose que vous avez encore quelque chose à nous dire, dit l'inspecteur, tandis qu'il se dirigeait vers la grille en compagnie de Mr. Blake et de son collègue.

Mr. Blake acquiesça. Il s'appuya sur la grille et leur parla des lettres anonymes.

— Je n'ai pas voulu effrayer Kevin et Sadie, dit-il. Ce sont encore des gosses et j'aimerais qu'ils aient une chance de rester amis.

— Vous auriez eu beaucoup moins d'ennuis s'ils ne l'avaient jamais été, Mr. Blake. Et nous aussi par la même occasion. Lorsqu'on habite des quartiers comme les leurs, il suffit d'une étincelle pour mettre le feu aux poudres. Au revoir, Mr. Blake.

Moira arrivait à hauteur du cottage de Mr. Blake au moment où la voiture de police démarrait.

— Je me réjouis de votre bonheur, dit-il, sans préambule, à la jeune femme.

Elle le regarda avec surprise.

— Envers et contre tout, ajouta-t-il.

— Oh ! nous avons aussi nos problèmes, dit Moira. Il nous arrive même de nous disputer — elle éclata de rire. — Mais tout finit toujours par s'arranger. Je vous trouve bien amer aujourd'hui. Seraient-ce les suites de votre accident ?

— Sans doute, oui. Je me fais du souci pour Sadie et Kevin. Je crois qu'ils ont bien peu de chance de réussir. Ils ont trop contre eux.

— Et c'est la raison pour laquelle vous les aidez, n'est-ce pas ?

— Bien sûr. Je me suis attaché à eux et je voudrais les voir heureux.

Il prit congé de Moira et alla retrouver Kevin et Sadie qui étaient assis, l'air grave, dans la cuisine.

— Nous avons bien réfléchi, Mr. Blake, dit Kevin. Nous ne pouvons plus continuer à nous voir ici.

— Pourquoi pas ?

— Nous vous avons causé assez d'ennuis comme ça, dit Sadie. Inutile de nous jouer la comédie plus longtemps, nous savons tous pourquoi la voiture a été sabotée.

— Cela me ferait tout drôle de ne plus vous avoir ici, soupira Mr. Blake. Je suis prêt à faire face à l'orage et je crois qu'il est important que vous vous en teniez à vos principes.

— De toute manière, il faut que nous venions moins souvent, dit Kevin. Une fois par semaine peut-être et encore, en prenant bien soin de ne pas être vus.

— Je continuerai à travailler pour vous tous les matins, dit Sadie en se demandant pendant combien de temps elle pourrait encore tromper sa mère, qui lui avait encore demandé le matin même quand elle aurait un nouvel emploi digne de ce nom.

— Comme vous voudrez, murmura Mr. Blake. Adoptons ce système pendant quelque temps et voyons si les esprits se calment un peu. On nous oubliera peut-être et nous pourrons vivre en paix.

Kevin déclara qu'il téléphonerait à Sadie pour fixer leur prochain rendez-vous, mais lorsqu'il fut dans l'autobus, il décida de n'en rien faire. Il ne pouvait plus la revoir, c'était pour son bien. La grande fête du 12 juillet approchait et son quartier n'allait pas tarder à brûler de la fièvre orangiste. Il était terrifié à l'idée qu'il aurait pu lui arriver quelque chose.

Il s'arrêta au dépôt de ferraille pour dire au vieux Kelly qu'il se sentait capable de reprendre son travail dès le lundi suivant.

— Plus la peine, dit Kelly sans même relever la tête.

— Comment ? s'exclama Kevin en fronçant les sourcils. Vous voulez dire que vous me mettez à la porte ?

— Exactement, répliqua Kelly, en s'essuyant les mains à un vieux chiffon.

— Mais pourquoi ?

— Dois-je vraiment te mettre les points sur les « i » ?

— Vous ne croyez tout de même pas que c'est moi qui ai caché cette boîte dans le dépôt ?

— Kate a dit qu'elle t'avait vu.

— Elle ment, hurla Kevin.

— Alors, tu traites ma fille de menteuse ? dit Kelly en fixant Kevin pour la première fois.

— Oui.

— Tu ne t'imagines tout de même pas que je vais travailler avec un gars qui raconte partout que ma fille est une menteuse ?

— Très bien, j'ai compris, mais sachez ceci : jamais je n'aurais accepté de travailler pour vous si j'avais su que pour avoir le boulot, je devais également me « taper » votre fille.

— Je te dispense de tes grossièretés.

— J'ai encore un conseil à vous donner, Mr. Kelly. Si vous aimez tant votre fille, vous feriez bien de surveiller ses fréquentations, sans quoi, vous risquez de trouver d'autres armes dans votre dépôt.

Kevin tourna les talons et se dirigea vers la grille à grandes enjambées. Mr. Kelly l'appela, lui demanda de revenir, mais il fit la sourde oreille. A présent, le vieux Kelly avait de quoi se torturer les méninges.

Brede cuisait de la pâtisserie et l'odeur lui chatouilla agréablement les narines dès qu'il eut ouvert la porte.

— J'ai une drôle de nouvelle à t'annoncer, Brede, dit Kevin en entrant dans la cuisine. Le vieux Kelly m'a fichu à la porte. Qu'est-ce que papa va dire de ça ?

— Rien de bon, dit Brede. Note que, personnellement, je m'y attendais un peu.

— Je vais aller dire deux mots à Kelly, déclara Mr. McCoy quand il eut appris la nouvelle.

— Pas question, dit Kevin.

— Il ne s'en tirera pas comme ça.

— Mais si. C'est son dépôt, non ?

— N'empêche que je vais aller dire ma façon de penser à ce nabot qui se laisse mener par les femmes de sa maison.

— Ce n'est pas une démarche de ce genre qui fera retrouver son emploi à Kevin, intervint Brede.

— Je n'en voudrais de toute façon plus après ce qui s'est passé, déclara Kevin.

— Et que comptes-tu faire ? demanda son père. Je te rappelle que nous avons une bouche de plus à nourrir dans cette maison.

— Je vais aller à la bourse du travail dès demain matin et je verrai ce qu'ils ont à me proposer.

Ce fut vite vu. On regrettait, mais il n'y avait rien dans ses cordes. Il n'était même pas apprenti, il n'avait aucune spécialité et le fait d'avoir travaillé trois ans chez un ferrailleur ne lui était d'aucune utilité.

Il quitta la bourse du travail la tête basse, en se demandant ce qu'il allait faire de ses journées. Il pensa à Sadie et à Mr. Blake et souhaita pouvoir aller les voir. Pendant un court instant, il fut sur le point de succomber à la tentation, mais il raffermit sa volonté et y renonça pour leur bien à tous deux. Qu'eux, au moins, aient la paix, pensa-t-il.

18
Kevin s'organise

— Je me demande pourquoi il ne téléphone pas, dit Sadie.

Chaque matin en époussetant le téléphone, elle se demandait s'il sonnerait pour elle ce jour-là. Mais il restait obstinément silencieux.

— Il t'appellera un de ces prochains jours, lui dit Mr. Blake. Qui sait, il a peut-être des problèmes à résoudre.

— J'espère qu'il ne lui est rien arrivé.

Sadie ne cessait de se faire du souci à son sujet et pestait contre cette attente interminable.

— Tu es bien calme ces jours-ci, constata sa mère. Quelque chose ne va pas ?

— Non, rien.

— Tu ne sors plus beaucoup. Cela ne te ressemble pas. Note que je m'en réjouis. Je préfère te voir ici qu'à courir les rues par le temps qui court.

Elle passait de longues heures dans sa chambre à lire ou à écrire à Kevin des lettres qu'elle finissait par déchirer. Dans la rue, les drapeaux flottaient et on entendait le bruit des fanfares qui répétaient en vue de la grande fête orangiste du 12.

Qui sait si Kevin n'était pas malade ? A moins qu'il n'ait de nouveau été attaqué par la bande de Rafferty. Sa maison pouvait aussi avoir été la proie des flammes et sa famille s'être réfugiée à Tyrone. Peut-être avait-il décidé de ne plus la revoir. Ou bien rencontré une fille de son quartier avec qui il pouvait sortir au vu et au su de tous, sans risquer d'ennuis. Une foule de suppositions se bousculaient dans sa tête.

— Je suis content que tu aies cessé de voir Kevin, lui avait dit Tommy. Tu l'oublieras vite et tout sera pour le mieux.

Le 12 juillet, la famille Jackson se leva de bonne heure. Mr. Jackson participait au défilé, coiffé comme chaque année de son chapeau melon réservé aux jours de fête. Tommy se préparait à sortir pour assister à la grande parade orangiste, sans toutefois y participer.

— Pourquoi ne l'accompagnes-tu pas ? demanda Mrs. Jackson à Sadie.

— Je connais tout ça par cœur, répondit Sadie.

— Cela vaudrait mieux que rester ici à te morfondre. Vraiment, je ne te comprends pas.

— Dire que tu n'arrêtais pas de me sermonner quand je sortais trop à ton gré.

Mrs. Jackson n'écoutait déjà plus sa fille. Elle faisait des grâces devant le miroir se demandant si ses cheveux étaient bien coiffés et si son chapeau avait la bonne inclinaison.

Lorsqu'elle fut seule, Sadie sortit sur le pas de la porte et contempla la rue vide. Pas question de passer la journée dans ce désert, pensa-t-elle. Elle songea à aller chez Mr. Blake, mais se dit qu'elle s'y ennuierait tout autant que chez elle. Plutôt aller à Bangor, se dit-elle.

Il pleuvait à seaux lorsqu'elle descendit de l'autobus. Elle mit le capuchon de son anorak et marcha le long de la digue en respirant à pleins poumons l'air salin, tandis que le vent lui fouettait le visage.

Un jeune homme était planté face à la mer, les mains dans les poches. Elle reconnut immédiatement Kevin.

— Salut, dit-elle.

— Salut, répondit-il en souriant.

— Savais-tu que j'allais venir aujourd'hui ?

— Je me suis dit que ce n'était pas impossible. Viens, allons prendre un café et nous mettre à l'abri.

Il lui prit le bras et l'entraîna vers un café. L'établissement était bondé de touristes qui regardaient tristement la pluie dégouliner le long des vitres. Kevin et Sadie se tassèrent comme ils purent dans un coin et se regardèrent en souriant. Ils ne dirent rien pendant plusieurs minutes, savourant silencieusement leurs retrouvailles. Ce fut Sadie qui parla la première pour lui demander pourquoi il n'avait pas téléphoné.

— J'ai cru que c'était plus sage, dit-il.

— N'empêche que tu es venu jusqu'à Bangor aujourd'hui.

— Il y a des jours où je suis plus raisonnable que d'autres, mais je suis drôlement content de te revoir, Sadie.

Elle aussi était heureuse. La pluie ne cessa de tomber de la journée, mais ils s'en moquaient éperdument.

— J'ai oublié de te dire que j'ai perdu ma place, dit Kevin. Cela m'a donné un autre sujet de préoccupation. Je n'ai encore rien trouvé et j'ai même pensé à partir.

— Tu veux dire quitter Belfast ? s'écria-t-elle.

— J'y serai peut-être obligé.

— Tu me manqueras terriblement, dit-elle d'une petite voix.

— Ne sois pas triste. Tu ne peux pas être triste aujourd'hui. Et de toute façon, rien ne dit que je ne retrouverai pas du travail ici, auquel cas, plus question de partir. Allons, fais-moi un beau sourire.

Elle s'exécuta et il se pencha pour l'embrasser.

— Pour pareille récompense, je sourirai autant de fois qu'il te plaira, dit-elle, d'un ton amusé.

En fin d'après-midi, il la raccompagna jusqu'à l'arrêt de l'autobus et lui conseilla de rentrer seule par mesure de précaution. Sadie accepta en soupirant. Elle caressa son visage qui s'était de nouveau assombri. Elle n'aimait pas le voir de mauvaise humeur, car c'était son rire et sa gaieté naturelle qui lui avaient plu dès le début.

Elle posa sa tête sur son épaule et il lui caressa les cheveux.

— Je suis bien près de toi, Sadie, murmura-t-il.

— Moi aussi.

— Allons, va vite. Ton bus est sur le point de partir.

— Quand te reverrai-je ? demanda-t-elle, d'une petite voix. Bientôt, chez Mr. Blake ?

— D'accord, dit-il après un moment d'hésitation. Nous serons prudents.

— Mercredi ?

— O.k. ! Va maintenant.

Il l'embrassa et la repoussa gentiment. Il la regarda s'éloigner et resta là, sans bouger, jusqu'au départ du dernier autobus pour Belfast.

— Tu n'oublieras pas d'être là pour payer le terme et l'assurance, dit Mrs. McCoy.

— Je sais, m'man, je sais, dit Kevin. J'ai tout noté sur ce bout de papier. Je sais où acheter le beurre un penny moins cher qu'ailleurs et quel est le meilleur jour pour le poisson.

— Tu pourras toujours t'en remettre à Brede au cas où j'aurais oublié quelque chose.

Mrs. McCoy ne quittait jamais sa famille sans se soucier des moindres détails du ménage et sans envisager toutes les calamités possibles. Mr. McCoy avait une semaine de congé et il emmenait sa femme, le dernier-né et les deux plus jeunes à Tyrone.

— Alors, vous y êtes ? demanda oncle Albert, en passant la tête dans l'entrebâillement de la porte de cuisine.

— Encore une minute, Albert, dit Mrs. McCoy, en enveloppant le biberon du bébé dans un lange et en le déposant dans un énorme sac de voyage.

— Mary, cria Mr. McCoy du dehors.

— J'arrive, Pete.

Kevin suivit sa mère en portant le sac. Les deux autres enfants étaient déjà dans la voiture, piaillant et sautant d'excitation.

— Il est presque temps, dit Mr. McCoy, en voyant apparaître sa femme et en l'aidant à s'introduire dans l'auto avec le bébé. Il fera presque noir quand nous arriverons.

— Ce n'est pas certain, laissa tomber oncle Albert, qui n'avait jamais été jusqu'à Tyrone sans avoir eu au moins une panne, mais qui avait l'art d'effacer tous les souvenirs désagréables de sa mémoire.

Il fit démarrer l'engin à la manivelle et, à sa grande surprise, le moteur se mit à ronronner dès le premier essai. Il hocha la tête avec admiration.

— Ça tourne rond, hein ! Kevin.

— On ne peut plus rond.

Oncle Albert alla déposer la manivelle dans le coffre, en sifflotant d'un air guilleret. Rien ne lui faisait plus plaisir que de partir en voyage. Dans ce domaine, il était toujours prêt à rendre service à ses amis ou à sa famille.

— Vous êtes bien chargé, oncle Albert, remarqua Kevin.

— Pas de problème. Nous arriverons sans encombre.

Kevin les regarda tourner le coin de la rue, en se demandant à quelle heure ils arriveraient à Tyrone et combien de fois son père pesterait contre « cet engin de malheur tout juste bon pour la ferraille ». Il rentra dans la maison en souriant.

Quel calme après ce branle-bas de combat, pensa-t-il.

Les autres enfants jouaient dehors, Brede était à la nurserie. Il avait la responsabilité de la maison.

Sa mère avait préparé un ragoût et pelé des pommes de terre qu'il ne lui restait plus qu'à cuire. Il les retira trop tôt du feu, si bien que sa petite famille dut les manger passablement dures.

— Je les ai pourtant piquées avec un couteau, comme me l'avait recommandé maman, s'excusa-t-il, auprès de Brede.

— Ne t'en fais pas, elles sont mangeables, dit Brede. Cela ira mieux demain. Je m'occuperai de la vaisselle et les petits m'aideront. Tu sors ?

Il acquiesça.

C'était mercredi, le jour où il retrouvait Sadie chez Mr. Blake. Ils arrivaient et partaient à des heures différentes et restaient confinés dans la cuisine, qui se trouvait à l'arrière de la maison. Ils se virent aussi le samedi, mais hors de la ville.

— Ta sœur est une chic fille, dit Sadie, ce soir-là. J'espère qu'elle épousera un type bien et que cela ne tardera plus. Elle pourra enfin s'occuper de ses propres gosses. Je parie qu'elle en aura aussi toute une ribambelle.

— Je ne le lui souhaite pas. Ma mère n'a jamais pu profiter de la vie.

— Ce qui est certain, affirma Sadie, c'est que ce ne sera pas mon cas.

— Il ne faut jamais jurer de rien, dit Kevin, en riant.

— A propos, sais-tu que ma mère m'a trouvé un emploi ? dit Sadie. Tu ne devineras jamais, ajouta-t-elle, en roulant de grands yeux. Caissière chez le boucher du quartier. Tu me vois assise toute une journée derrière une caisse enregistreuse et encaissant le prix du bifteck ?

— Que comptes-tu faire ?

— J'ai déjà pris les devants. J'ai été trouver le boucher et je lui ai dit que la vue du sang me faisait vomir. Il m'a répondu que dans ce cas, il ne serait pas sage d'accepter l'emploi.

— Il en faut beaucoup pour te faire plier, pas vrai ? Sadie Jackson, dit Kevin, en lui ébouriffant les cheveux.

— Ce sont les propres paroles de ma mère.

Ils étaient en train de rire aux éclats lorsque Mr. Blake entra dans la cuisine avec Jack. L'homme et le chien avaient fait une longue promenade et avaient tous deux grand soif. Sadie chauffa la bouilloire pour le thé, pendant que Kevin remplissait le bol de Jack d'eau fraîche.

— C'est bon de vous entendre rire tous les deux, dit Mr. Blake, en pendant la laisse du chien à une patère. On finit par oublier que le rire existe de nos jours.

Kevin sortit du supermarché un sac en papier dans chaque bras. Il avait dû s'y rendre pour faire ses achats parce que la vitrine de l'épicier avait volé en éclats pendant la nuit. D'autres vitres avaient également été brisées au cours de bagarres nocturnes dont Kevin avait suivi le déroulement de sa chambre. Des balles en caoutchouc jonchaient le caniveau.

A l'extrémité de la rue, une barricade, des barbelés, un bus renversé et incendié. Rien que le chaos et la destruction. Ce spectacle le rendait malade. Il en avait assez.

Il poursuivit sa route et arriva à hauteur du dépôt où il avait travaillé.

— Hé ! Kevin.

Il s'arrêta.

Mr. Kelly courait vers lui.

Kevin déposa ses deux charges et se massa les poignets.

— Je voudrais te parler, dit son ancien patron, en se raclant la gorge. J'aimerais que tu travaillasses de nouveau pour moi.

— Non, merci, dit Kevin, après l'avoir fixé pendant un moment.

— Ecoute, Kevin. Tout le monde peut commettre une erreur. Je regrette pour la boîte. Je suis sûr que ce n'est pas toi qui l'as cachée dans le dépôt. Ne peux-tu me pardonner ?

— Il y a longtemps que je vous ai pardonné.

— Alors tout est pour le mieux. Tu reviens ? J'ai besoin de toi, tu me manques pendant mes tournées. Après tout, nous nous entendions bien, non ?

— Oui.

— Qu'est-ce que tu en dis, Kevin ? dit Mr. Kelly d'un ton pressant en se frottant nerveusement les mains. Je suis même prêt à t'augmenter, ajouta-t-il.

— Je regrette mais la réponse est non.

— Mais pourquoi ?

— Parce que je ne veux plus de cet emploi. Moins je verrai ce quartier, mieux cela vaudra.

Kevin reprit sa route.

Mrs. Rafferty était sur le pas de sa porte.

— Bonjour Kevin, lança-t-elle.

— Bonjour Mrs. Rafferty.

— Alors, on rentre dans la peau de son personnage ? Quand tes parents reviendront tu seras devenue une parfaite maîtresse de maison.

Elle éclata d'un rire strident qui le poursuivit tout au long de la rue.

Il referma soigneusement la porte de rue, ce qui n'était pas courant chez les McCoy, pendant la journée. Kevin voulait se couper du monde extérieur.

Il rangea ses achats dans l'armoire et examina la liste de ses tâches. C'était le jour où on allait venir encaisser la prime d'assurance. Il allait encore devoir subir les plaisanteries éculées de l'agent de la compagnie et cela lui parut presque insupportable. Il avait l'impression d'être un chaudron d'huile sur le point de bouillir et il ne faudrait plus longtemps avant qu'il éclatât.

19
Le prix de l'amitié

On ne dormit pas beaucoup chez les Jackson, cette nuit-là. Le bruit des explosions, le tir des armes automatiques, le crissement des pneus des voitures blindées, les sirènes hurlantes des ambulances et des voitures de pompiers tinrent la famille éveillée une bonne partie de la nuit.

— On dirait que l'I.R.A. a déclenché la grande offensive, commenta Mr. Jackson, en buvant une tasse de thé à deux heures du matin, dans la cuisine.

— Je me demande ce que nous faisons ici, dit Mrs. Jackson. C'est drôle comme on s'habitue vite à ces bruits de guerre.

— On s'habitue à tout, déclara Tommy. L'important, c'est de survivre.

Sadie jeta un coup d'œil à la pendule. Mieux valait aller se coucher, pensa-t-elle. Elle avait décidé de quitter la maison avant sept heures du matin pour retrouver Kevin, mais elle craignait de ne pas se réveiller à temps. Ils avaient projeté de se voir loin de

Belfast et il ne fallait pas que Kevin rongeât son frein à l'attendre en se demandant s'il ne lui était rien arrivé après les péripéties de la nuit.

— Qu'est-ce qui te fait sourire ? demanda sa mère. Cet affreux tintamarre n'a pourtant rien de drôle.

— Je pensais à autre chose, dit Sadie, en se levant. Je vais me coucher. A propos, je partirai plus tôt ce matin, alors ne vous en faites pas si vous ne me voyez pas en vous levant.

— Et peut-on savoir où tu vas de si bonne heure ?

— Je passe la journée chez les Henderson.

— Je me demande pourquoi tu ne vas pas carrément habiter chez eux tant que tu y es.

Il faisait clair et il était passé sept heures lorsqu'elle se réveilla. Elle s'habilla à la hâte et était en train de se coiffer lorsqu'une voiture s'arrêta devant la maison. Elle jeta un coup d'œil au-dehors et vit que c'était la voiture de Mike Henderson. Il ne tarda pas à frapper à la porte. Elle dévala l'escalier, tandis que son père s'écriait :

— Qui cela peut-il bien être à cette heure ?

Elle ouvrit la porte et vit le visage grave de Mike.

— Qu'est-il arrivé ? demanda-t-elle inquiète.

— Puis-je entrer ?

Elle acquiesça et s'effaça pour lui permettre de passer dans le corridor.

— Qui est-ce ? cria sa mère.

— Mr. Henderson.

— Mr. Henderson ? fit la voix de son père, tandis que les ressorts du lit geignaient.

Sadie emmena Mike à la cuisine et ferma la porte.

— Dites vite, dit Sadie. Ils vont descendre voir ce qui se passe.

— Sadie, dit Mike d'une voix hésitante. J'ai de mauvaises nouvelles pour vous.

— Il est arrivé quelque chose à Mr. Blake ?

— Oui.

Bruit de pas à l'étage.

— Il est mort ?

Henderson acquiesça.

— Ce n'est pas possible, hurla Sadie en pleurs.

— On a jeté une bombe sur le cottage, qui a flambé comme une torche. Il n'a pas pu en sortir.

— Oh, non ! hoqueta Sadie en fixant Mike les yeux ruisselants de larmes.

Ce n'était pas croyable. Ce devait être une erreur, un rêve, un cauchemar.

— Les cochons ! scanda Mike. Il n'avait fait que du bien dans sa vie.

Sadie se laissa tomber sur la table en sanglotant dans ses bras repliés sous la tête.

— Que se passe-t-il ici ? demanda Mrs. Jackson, en faisant irruption dans la cuisine.

— Sadie vient de recevoir un gros choc, Mrs. Jackson.

— On a tué Mr. Blake, m'man, dit Sadie, en relevant son visage mouillé de larmes.

— Tué ? fit Mrs. Jackson, en portant la main à sa gorge.

— On a lancé une bombe au pétrole sur son cottage, la nuit dernière.

Mr. Jackson arriva à son tour, suivi de Tommy, qui était encore en pyjama.

— Mr. Blake, chez qui Sadie travaillait, a été assassiné la nuit dernière, expliqua Mrs. Jackson, aux nouveaux arrivants.

— C'est de ma faute, cria Sadie. Tout est de ma faute.

— Ne dis pas de bêtises, Sadie, intervint Mike. Tu sais que ce n'est pas vrai.

— Si, c'est vrai, hurla-t-elle.

— Comment pourrait-ce être de ta faute, Sadie ? demanda Mr. Jackson.

— Elle n'y est pour rien, Mr. Jackson, dit Mike. Sadie est sous le coup de l'émotion et elle ne sait plus ce qu'elle dit.

— Je crois qu'une tasse de thé nous fera du bien, déclara Mrs. Jackson, toujours pratique. Jim, donne un verre de brandy à ta fille.

Mr. Jackson s'exécuta et revint en murmurant :

— Le monde devient fou. A qui le tour maintenant?

Il demanda un complément d'informations à Mike, qui lui raconta ce qu'il savait, ce qui n'était pas grand-chose en vérité.

Sadie se souvint brusquement que Kevin l'attendait à quelque vingt-cinq kilomètres, hors de la ville.

— Si vous partez, je vais vous accompagner, dit-elle à Mike.

— Il n'en est pas question, Sadie, dit son père.

— Il faut que je parte.

— Et moi je t'ordonne de rester.

— Mais il faut absolument que j'y aille, insista Sadie.

— Laisse-la aller, p'pa, intervint Tommy. Il ne lui arrivera rien.

— Je prendrai soin d'elle, déclara Mike.

— Comme vous voudrez, soupira Mrs. Jackson.

Mike conduisit Sadie au lieu de rendez-vous où se trouvait déjà Kevin.

— Quelle bonne surprise, s'écria-t-il en apercevant Mike.

Son visage se rembrunit en voyant les visages graves de Sadie et de son compagnon.

— Il s'est passé quelque chose ? demanda Kevin.

— Je crains que oui, répondit Mike.

Les funérailles de Mr. Blake furent grandioses. Il était connu et estimé non seulement dans le voisinage, mais un peu partout en ville. Sadie resta chez Moira pour attendre le retour de Mike et Kevin qui avaient suivi la procession.

— Tu te sens bien ? demanda Mike à sa femme dès qu'ils furent rentrés.

Elle fit signe que oui.

Kevin alla s'asseoir près de Sadie et lui prit la main.

— Salut, dit-il, avec un pâle sourire.

— Salut, murmura-t-elle.

— Je crois qu'un doigt de whisky me ferait du bien, dit Mike. Je t'en sers un ? Kevin.

— Un petit, oui.

Lorsqu'ils eurent leur verre, Mike leva le sien.

— Je bois à la mémoire de Mr. Blake, dit-il. Nous ne l'oublierons pas.

— Certainement pas, renchérit Kevin. Et si jamais je mets la main sur les crapules qui l'ont tué...

Il n'en dit pas plus, mais ses yeux flamboyèrent et son visage se colora.

— Je ne crois pas que tu irais jusque-là, dit Mike.

— Non, admit Kevin, mais il y a des moments où je sens monter en moi une telle colère...

— Je sais, fit Mike. Je ressens la même chose. N'empêche que je ne voudrais pas avoir leur sang sur les mains.

Kevin se tourna vers Sadie et serra un peu plus fort sa main.

— Si nous allions faire un tour, Sadie, proposa-t-il.

Ils se rendirent à Cave Hill d'où on avait l'impression d'avoir la ville à ses pieds.

— J'ai beaucoup réfléchi, dit Kevin.

— Oui ?

— Sadie, il faut que je parte, dit-il rapidement. Je ne peux plus rester ici. Je n'ai pas de travail et j'en ai assez de voir les gens mourir. La mort de Mr. Blake a été la goutte qui a fait déborder le vase. Je ne voudrais pas que tu t'imagines que je suis un lâche qui fuit ses responsabilités. Il se fait simplement que je ne veux plus être mêlé à ce qui se passe ici. Ce n'est plus une vie, du moins pas celle dont j'avais rêvé.

Elle resta silencieuse pendant un moment et fixa la ville sans la voir.

— Quand partiras-tu ? parvint-elle finalement à articuler.

— La semaine prochaine.

20
Le départ

Brede coupa les sandwiches et les disposa dans une boîte en plastique. Sa mère versait du thé dans un thermos. Son visage était écarlate. Ses yeux étaient humides, mais elle faisait des efforts désespérés pour ne pas verser une larme. C'est dur de voir partir son fils aîné.

Elle vissa soigneusement le bouchon du thermos et se tourna vers son mari, qui était assis à table, lisant le journal en se grattant le crâne. Il avait essayé, sans trop de conviction, de raisonner son fils et de le retenir au foyer, mais il savait que Kevin ne pouvait pas rester chômeur indéfiniment. Ce n'était pas la première fois non plus qu'une famille irlandaise envoyait un fils en Angleterre pour y trouver du travail.

Kevin entra dans la cuisine, vêtu de son beau costume. Sa mère le lui avait acheté deux ans plus tôt, pour assister aux services du dimanche. Il était un peu gêné aux emmanchures, car il avait forci depuis lors. Mrs. McCoy prit son mouchoir et se moucha bruyamment.

Kevin lui mit une main sur l'épaule.

— Allons, dit-il, je ne pars pas à l'autre bout du monde. Je reviendrai vous voir sous peu. Et moi, qui croyais que vous seriez contents d'être débarrassés de moi pendant un bout de temps.

— Cela fera toujours des chemises en moins à repasser, dit Brede en entrant dans son jeu.

— Une bouche de moins à nourrir, répliqua Kevin.

— Et une fameuse, renchérit sa sœur.

— Je vous enverrai de l'argent dès que possible.

— Contente-toi d'abord de trouver du travail, dit Mr. McCoy.

— Pas de problème de ce côté. On n'attend que moi là-bas.

Kevin tapota l'épaule de sa mère et alla nouer sa cravate devant la glace. Il détestait porter la cravate, mais il savait que cela ferait plaisir à sa mère de le voir quitter la maison avec une bonne mise qui lui ferait honneur.

— Ne t'imagine tout de même pas que les rues de Liverpool sont pavées d'or, reprit son père.

— Qui parle de Liverpool ? dit Kevin. J'ai bien l'intention d'aller à Londres.

— Londres ? C'est une grande ville !

— Plus grand c'est, mieux ça vaut. Comment me trouvez-vous ?

— Toutes les filles de la grande ville vont te tomber dans les bras, s'exclama Brede en riant.

— Si tu ne crois pas celle-là, je t'en raconterai une autre, fit Kevin, sur le même ton.

Il jeta un coup d'œil rapide à la pendule.

— Il est temps, m'man, dit-il.

— As-tu encore un peu de place pour ceci dans ta valise ? demanda sa mère en lui présentant le thermos et les sandwiches.

— Merci, m'man, dit Kevin en posant la valise sur la table pour y caser son en-cas.

— Tu sais, oncle Albert t'aurait bien conduit au bateau, dit Mr. McCoy.

— Je préfère y aller seul. Vous savez que je n'aime pas les adieux prolongés.

— Je vais tout de même t'accompagner jusqu'au bout de la rue, insista Brede.

— D'accord.

Mr. McCoy se leva et s'éclaircit la gorge.

— N'oublie pas d'écrire, dit-il.

— Promis, dès que je serai installé.

— Surveille tes fréquentations et ne fais pas de bêtises, poursuivit Mr. McCoy, en sortant un billet de sa poche. Prends encore cinq livres, tu pourrais en avoir besoin.

Kevin protesta, mais son père lui fourra le billet en poche.

— Allons, prends-le. Ce n'est pas tous les jours que tu reçois cinq livres de moi. Si j'en ai besoin un jour, je viendrai te les redemander.

— Je te soignerai dans tes vieux jours, p'pa.

— D'accord. Bonne chance, mon grand.

— Merci, p'pa.

— Brede, dit Mr. McCoy, appelle les enfants et dis-leur que Kevin s'en va.

— Kevin s'en va... Kevin s'en va.

La nouvelle se répandit comme une traînée de poudre et les enfants accoururent pour embrasser leur frère. Kevin serra sa mère sur sa poitrine. Il savait qu'elle ne pleurerait qu'une fois qu'il aurait quitté la maison.

Brede l'attendait quelques mètres plus loin.

— Au revoir, Kevin, hurlèrent les enfants.

— Au revoir, les mômes. Au revoir p'pa. Au revoir m'man. Dépêchons-nous maintenant, ajouta Kevin à voix basse, à l'intention de Brede.

Il quitta sa sœur dès qu'ils eurent tourné le coin de la rue et après lui avoir fait promettre de l'avertir si quoi que ce soit devait arriver. Elle promit et il l'embrassa rapidement avant de tourner les talons pour masquer son émotion.

Kate Kelly l'attendait à hauteur du dépôt.

— Puis-je te dire un mot, Kevin ? hasarda-t-elle.

— Je crois que nous n'avons plus rien à nous dire.

— Il faut que tu saches que je regrette, Kevin. J'ai dû me tromper au sujet de la boîte...

— Tu ne t'attends tout de même pas à ce que j'avale ça ?

— Eh bien, pour être franche, je dois avouer que c'est Brian Rafferty qui m'y a obligée. Sans cela, je n'aurais jamais menti.

— Qui t'a obligée ?

Il réalisa que ce qu'elle avait à lui dire ne l'intéressait absolument pas. Tout cela était déjà le passé :

Kate, Brian, les bombes. Il allait vers une vie nouvelle.

Le bus s'arrêta le long du trottoir.

— Au revoir, Kate, laissa-t-il tomber.

Il repéra rapidement le bateau de Liverpool dont les cheminées fumaient. Sadie l'attendait sur le quai. Il courut pour la rejoindre.

— Tu as pu te libérer pour venir me dire au revoir ? dit-il.

— Crois-tu vraiment que je t'aurais laissé partir comme ça ?

— Non.

— De toute façon, je ne suis pas venue te dire adieu. Je t'accompagne... Cela ne te contrarie pas au moins, ajouta-t-elle, anxieuse en voyant son air ahuri.

— Me contrarier ?

Il posa sa valise et la prit par la taille pour la faire tournoyer en riant aux éclats.

— Mais où sont tes bagages ? demanda-t-il.

— J'aurais difficilement filé de la maison avec une valise, tu ne crois pas ? Alors il faut me prendre comme je suis. Note que j'ai tout de même acheté mon billet.

— Alors qu'attendons-nous pour monter à bord ?

— Rien, dit Sadie. Rien du tout.

Il prit sa main et ils gravirent ensemble la passerelle du grand bateau blanc.

FIN

1. *Sadie et Kevin* 7
2. *La dénonciation* 14
3. *Brede* 24
4. *Cave Hill : le refuge* 35
5. *Le feu aux poudres* 43
6. *L'arme secrète* 57
7. *La partie de campagne* 67
8. *Oncle Albert : le sauveur* 75
9. *L'affrontement* 82
10. *La démarche* 94
11. *Mister Blake* 103
12. *L'attentat contre Mrs. McConckey* . . . 112
13. *Sadie retrouve un emploi* 122
14. *A chacun ses ennuis* 130
15. *Le suspect* 140
16. *Les menaces* 150
17. *Les suites d'un attentat* 159
18. *Kevin s'organise* 171
19. *Le prix de l'amitié* 181
20. *Le départ* 187

Achevé d'imprimer le 10 juillet 1986
sur les presses de l'imprimerie Duculot à Gembloux